吹尽狂沙

王国猛 著

中国大百科全书出版社
知识出版社

图书在版编目（CIP）数据

吹尽狂沙 / 王国猛著 . -- 北京：知识出版社，2021. 11

ISBN 978-7-5215-0458-3

Ⅰ. ①吹… Ⅱ. ①王 … Ⅲ. ①随笔—作品集—中国—当代 Ⅳ. ① I267.1

中国版本图书馆 CIP 数据核字（2021）第 226708 号

吹尽狂沙

王国猛　著

出 版 人　姜钦云
责任编辑　朱金叶　汪　婷
责任印制　吴永星
出版发行　知识出版社
地　　址　北京市西城区阜成门北大街 17 号
邮　　编　100037
电　　话　010-88390725
印　　刷　保定市铭泰达印刷有限公司
开　　本　889 毫米 ×1194 毫米　1/32
印　　张　10.75
字　　数　248 千字
版　　次　2021 年 11 月第 1 版
印　　次　2021 年 11 月第 1 次印刷
书　　号　ISBN 978-7-5215-0458-3
定　　价　42.00 元

哲思篇

哲　学

社　会

历　史

修身篇

修身理念

处世智慧

人生感悟

文艺篇

文 学

文　化

教 育

哲思篇

因为艺无止境，艺术的魅力也就绵绵不绝，对艺术的追求自然无穷无尽。

哲　学

艺无止境

对艺术的追求，远比对财富的追求和对权力的追求来得更加深刻，更加持久。财富和权力一样，都对人们具有强烈的吸引力，但人们一旦拥有，便会日渐倦怠甚至感到空虚，过了那个巅峰的体验时刻，接下来便是无法断绝的迷惘。财富和权力的魅力热烈却短暂，正如夏日午后的阳光，炙热至极，却陡然冷却；光彩夺目，转眼却昏黄暗淡。人们往往急于攫取财富，忙于夺取权力，却在身价暴涨、权力在握时，又茫然不知所措。

因为艺无止境，艺术的魅力也就绵绵不绝，对艺术的追求自然无穷无尽。正如远行，登山有远眺的兴致，涉水有横渡的意味。每到一处，自有一番风景。一个人，即使至微至贫，也不能放弃对艺术的热爱。没有财富和权力，最多是个穷人；缺少艺术素养，便是个彻头彻尾的俗人。况且艺术一途，有崇山峻岭，有大江深河，美境无绝，魅力永恒，怎不令人驻足欣赏、流连忘返！人可以毕生不发达，却不可须臾无境界。

人皆有气

每个人身上都会无形中透出一股气息，有些人气宇轩昂，有些人猥琐卑劣，有些人庸常怯弱。无须多言，不必深交，有时凭着这种气息，便可大致判断人的雅俗。因为气息由内而外发散，一定会泄露一个人的行藏，揭秘其性格及心机，有时甚至能预言其人生归宿和结局。

有一次，孔子的几个学生闲侍其身侧，呈现的神态气息各异。闵子骞是一副和悦恭敬的样子，子路是一副刚强果敢的样子，冉有和子贡是一副从容快乐的样子。孔子和学生们在一起其乐融融，但也不无担心：恐怕子路不得善终！子路为人性格耿直，勇敢好斗，身上总是带着一股刚烈倔强的味道，人们一看就能强烈地感受到，因而极易成为小人打击谋害的对象，孔子深以为忧。后来，子路果然在卫国的一次内乱中遇难，而且死得极其惨烈，孔子说他“不得善终”竟然一语成谶。

人既有气，便有相合相斥之别。有人一见如故，有人一见相厌，实在勉强不得。虽然有人善于隐藏行迹，伪装容貌，但气乃无形之物，于举手投足间自然流露，非圣人不可收发自如。故智者可据气定亲疏，凭气断良莠。

心枯即老

到了没有未来可以展望的时候，人就真的老了。老不是绝对的年龄变大，有人五十岁甚至四十岁就已暮气沉沉、浑浑噩噩了，而有人年过半百还踌躇满志、未来可期。梁启超说：“老年人常思既往，少年人常思将来。惟思既往也，故生留恋心；惟思将来也，故生希望心。”确实，常见有人喋喋不休地讲述自己过去的经历，满足于反复咂摸回忆的味道，不需以年龄为依据，即知此必为老者。我们何曾见一个青春勃发的少年屡屡提及幼时情景！

听到的多是他们将来要引领一域甚至叱咤风云的雄心壮志。有了无限可能的未来，即使须发皆白，依然可以青年视之，只是这种鹤发童颜、雄心犹在的人并不多见；倒是不少外表葱郁的年轻人，却附会着一副垂垂老矣的神情，至于他们的未来，自然是苍茫渺然、无所寄托的。所以，老不在于身的衰竭，而在于心的枯萎。

少年得志与大器晚成

少年得志和大器晚成虽有异曲同工之妙，但亦有大相径庭之别。这其中，最为不同者乃心态。少年即成，意气风发，未来不可限量，当然生起睥睨天下、吞吐宇宙之心，仿佛举手便可摘星，抬腿即越万里，行事不免有豪放之风，神宇无形中带傲然之气。老年始成，百感交集，在最后的时光中绽放，眼前浮现的是一路艰辛、半生蹉跎，既无炫耀之意，更无狷狂之态，但只回望咀嚼，将那杂陈的况味一遍遍尝够，然后仰天啸叹一声：天不负我。

少年得志其实是种考验，倘若孟浪轻浮，藐视众人，终将付出代价。柳宗元仕途得意，正当年少；苏轼名扬天下，亦值年少。然皆蹉跌一生，仕途蹭蹬，以其得志过早，未谙此道艰难之故。大器晚成，定然遍历冷暖，心有不可说之痛楚。庾信北使，方起游子之意；李煜被执，始有故国之思。二者文章皆在大悲大难后得大成。

少年得志，变数不定；大器晚成，结局圆满。于后者窃崇之。

清明哀思

一年中唯有今天，地不分南北，人不分男女，都沉浸在思念和哀伤之中。尤其是今年今日，我们悼念亡故的亲人，缅怀逝去的英雄，痛不可当，伤无断绝。上苍亦触景生情，替人垂泪到天明。先人与我有血缘之亲，英雄与我有生死之系，二者皆我之尊者敬者、感者思者。在这个倾情的日子、伤怀的时刻，且让我们大放悲声，在这天地间刻下沉重的叹息，以纪念那些伟大的祖先和高尚的英灵。他们或者给了我们生命，或者挽救了我们的生命，都是与我们的生命息息相关之人。他们不仅今天值得我们祭之以真情，以后每年的今日，都当得起我们祀之以厚意。

无情的雨

雨倾盆而下，击落浮尘，冲刷楼宇，清洗草木，仿佛要恢复城市的本来面目。没有风的横扫，雨便如珠帘一般，从空中垂落于地。极目遥望，帘幕重重，雾气蒙蒙，一切都隐约于混沌之中。偶有几声鸟鸣，许因大雨溅湿了羽毛而惊呼；时传数声犬吠，或为驱赶躲在雨檐下的陌生人而狂吼。几处点缀的声音，更增添了雨中的寂静。

风雨既不同行，便少了那份凄清，而多了一种宁静。让人望雨息心，油然生出读书之意、思人之情、安眠之想。这种恬然适然，未尝不是上天的赐予、自我的悟获。突然想起柳永的《八声甘州》，其中亦有风雨之绘："对潇潇、暮雨洒江天，一番洗清秋。渐霜风凄紧，关河冷落，残照当楼。是处红衰翠减，苒苒物华休。"此景此情，只令人凄然神伤，喟然感叹，不免要替柳永鸣不平了。

雨固一致，遇有万殊，情有千别。或有人因愁而恨雨，或有人因忙而喜雨，或有人因闲而赏雨。而雨却不管不顾，只一力倾泻。

财富清零

死不带去，是富人心中永远的遗憾，也是穷人悲情中唯一的庆幸，否则，在此岸不平等，到彼岸还是有落差。要是运气好点，都能在人道轮回，几轮下来，可就是富人富可敌国，穷人一贫如洗了。好在财富于此生必须清零。所以重临人间，大家又都处于同一起跑线了。

世上一切财富，都只能租用，虽时间有长有短，数量有多有少，但最后都要无一例外地清点交还，丝毫无法保留。所以，租多无益，还要劳神费力地看管，没准还会因此引来灾祸。

有些思虑长远的人，将遗产委托给子孙后代保管，以为如此便可以长保三世、五世，乃至万世，殊不知后人也是暂时租借，随时可能移交他人。古往今来，多少楼台宫殿变换了业主，多少国家天下更替了君王。故王勃有“阁中帝子今何在，槛外长江空自流”之叹。

既然众生平等，都赤条条而来，就不要指望满载而归。故聚财恰如饮酒，适量为佳，多了伤身。

各有战场

作为一名歌手，一定要往热闹处去。站在华灯之下，居于万人中央，习惯于掌声雷动，放眼是鲜花如海。只有在盛大的场景下、如潮的人群中，才能练就镇定自若的神态、从容不迫的心境。既然热爱放歌，就要毫不犹豫地占据舞台，那里才有喜怒哀乐的青春，那里才有跌宕起伏的人生。越是成熟的歌手，越是渴望舞台，越想放声高歌。拘于神色，怯于放声，终是要为舞台疏远，为观众抛弃的。

作为一名作家，一定要往僻静处走。在夜空下寂寞地阅读，在黎明前反复地吟诵。悄悄地思，静静地写。不要幻想真能斗酒诗百篇，不要做梦真有仙人赠神笔。锦绣是一段一段织出来的，文章是一句一句磨出来的，天才逞纵的背后是呕心沥血，下笔如有神的前提是读书破万卷，没有反复地刮垢磨光，哪得刃如秋水？没有十年的江湖夜雨，哪得文若流霞？一心向往繁华，一意着力红尘，不作长夜之思，不作寂然之叹，又岂能留下与众不同的经典？

所以，歌手最好的战场在舞台，那里人山人海；而作家最好的战场却在书斋，在那里荷戟独彷徨。故千万人而往，勇；独自一人处，亦勇。

天赋加勤奋

我一直对爱迪生所言“天才是百分之一的天赋加百分之九十九的汗水”深表怀疑，而对袁枚所言“书到今生读已迟”深以为然。诗人李白被誉为“诗仙”，不是缘于他的渊源家学和赫然师门，而是天才逞纵之故，勤奋自然是有的，但决计不是使他到达巅峰状态的决定因素。音乐神童莫扎特，五岁便能作曲，七岁开始国际巡演，作品《安魂曲》《费加罗的婚礼》至今盛演不衰。不是天赋使然，一个只活了三十五岁的人再勤奋，恐怕也时不我予。

思想家康德，一辈子也没有走出过家乡，出身普通，工作平凡，思想却立于云端。他的“批评哲学”三大著作惊艳了世界，成为德国古典哲学的开端，改变了德国哲学的方向和进程。没有“先天知识”附身，光有勤奋，显然不能让康德享誉“永不休止的哲学奠基人”的光荣称号。

故欲有所作为，一定要找到自身最具天赋者，发幽掘隐。朝着那个方向去勤奋努力，才能事半功倍。明明善于科研，却要着力去歌唱；明明长于绘画，却要倾情去写作。岂非南辕北辙，一事难成？所以不要动辄盲目地下功夫花力气，首先掂量掂量自己的天赋如何，再去想象成为艺术家、思想家、政治家的可能性。毕竟李白、康德、莫扎特是人类中的稀有者，百年甚至千年一遇。

全神贯注

刘向曰：“诚之至也，而金石为之开。”王充云：“精诚所至，金石为开。”大抵一个人只要专心诚意，当有开碑裂石之能。春秋时，楚国国君熊渠一次夜行，见一庞然大物伏于草丛之中，随风隐现。他悚然一惊，以为是只老虎，立即张弓搭箭，奋力一射，正中其身。见许久毫无动静，熊渠走近察看，哪里是什么老虎，不过是块巨石。他射出的那支箭竟然深没石中，连箭羽都看不到了。他不敢相信自己臂力如此强大，竟然可以射穿岩石，然而这箭分明就是刚才自己所射。他将信将疑地再次拉满弓弦，对准石块用尽全力射去，结果箭触石表而落，不要说射进石中，岩石甚至未曾损伤分毫。这让他觉得不可思议。

无独有偶，西汉时期的神箭手，人称“飞将军”的李广亦曾有此遭遇。在任右北平太守时，一次晚上打猎，他也把草丛中的巨石误当老虎，一箭射入了石中。唐朝诗人卢纶为此专作《塞下曲》以记其事：“林暗草惊风，将军夜引弓。平明寻白羽，没在石棱中。”

两个故事或皆为传说，以示二人箭术之强劲精妙。虽然等搞清楚情况再射，就再也射不进巨石里，但是熊渠、李广二人专心凝神的倾力一射，必然有石破天惊之效，若真遇老虎，也许一箭便能使其毙命。

任何事情，都架不住全神贯注而为之。当一个人的精、气、神凝成一线，加上持久之功，一定是无坚不摧的，这一点毋庸置疑。

恬不知耻

《孟子》中记载了一个有趣的故事：有一个齐国人，家有一妻一妾。每天早上他都兴致勃勃地出门，至晚酒醉饭饱而归。妻子问他与什么人聚会餐饮，他说都是城中富贵人家。妻子对妾说："相公每天都出去吃喝，说是与富贵子弟往来应酬，但从无显要者登门拜访，此事颇为蹊跷，我们要想办法看个究竟。"第二天，妻子起了个大早，悄悄尾随齐人出门，所过之处，或有相互问候者，但绝无一人站立以示恭敬，更别说有什么富贵显要者相邀了。最后，齐人来到了东城外的山野坟地，向那些在坟地里祭祀亲属的人乞讨酒食供品，大嚼大咽后满意而归。妻子将实情告知小妾，两人想到终身托付的居然是个如此不堪的下作之人，不禁失望自怜，相对而泣。齐人却毫不知情，回来后得意扬扬地欺骗妻妾说，与富贵子弟相对甚欢。

看了这则故事，我们一定会觉得既奇且怪，可气可笑，怒齐人之不争，而哀妻妾之不幸。然而当今时代，可怜可笑如齐人者亦时见时闻。整天忙碌于觐见，奔走于席间，家人问起，则曰与某某相熟，与某某故旧；与某某同处一室，与某某共醉一堂，皆达官显贵，颇以为荣。然终不见有富贵者登门造访恭敬与言，其沾沾自喜恬不知耻与齐人何异！其父母妻儿或有相对而泣者？

识人先看眼

文艺复兴时期的著名画家达·芬奇说过：“眼睛是心灵的窗户。”这句话广为人们所是，国人引用尤多，常有如获至宝之感。其实早在两千多年前，孟子就曾说过类似的话，他说：“存乎人者，莫良于眸子。眸子不能掩其恶。胸中正，则眸子瞭焉；胸中不正，则眸子眊焉。听其言也，观其眸子，人焉廋哉？”意思是，观察一个人，再没有比观察他的眼睛更好的了。眼睛掩饰不了一个人的内心。心中光明正大，眼睛就清澈明亮；心中阴暗邪魅，眼睛就浑浊无神。所以，听一个人说话的时候，注意观察他的眼睛，这样一来，他的善恶真伪哪能隐藏得了呢？

在孟子看来，眼睛无疑是心灵秘密宣泄的最佳通道，善于解读一个人眼中的含义，便抓住了一个人的本质特征。达·芬奇所谓“眼睛是心灵的窗户”，是从艺术家的角度来比喻的，形象而生动；而孟子是以思想家的身份，从哲学的高度对眼睛和心灵之间的关系进行阐释的，深刻而理性。

乐以忘忧

有人问孔子的弟子子路，孔子到底是个什么样的人？子路当时无言以对，因为实在不能三言两语概括孔子的为人和特点。回来跟孔子提及此事，孔子说，你为什么不告诉他：“其为人也，发愤忘食，乐以忘忧，不知老之将至。”孔子将自己定义为一个勤奋好学、诲人不倦，乐在其中，乃至忘却时光的人，实在是精准简洁、妙不可言。孔子虽然也有忧：礼崩乐坏人心不古；有怒：八佾舞于庭，是可忍，孰不可忍也！有叹：吾未见好德如好色者也。有为官司寇之蹭蹬，有周游列国之窘迫，有圣道不行之神伤。然纵观其一生，总体是乐观向上、积极有为的，学得入神，教得忘我，日子倒也逍遥自在。所以，他才不无得意地告诉子路，自己是个勤奋快乐、淡忘岁月的人。

现如今，学者、教授极多，他们像孔子一样学与教，却学得苦不堪言，教得漫不经心，快乐固然是没有的，废寝忘食、不知年龄更不啻痴人说梦。

襟抱已开

说到延揽人才，乱世更甚，尤以战国为最。各国君王为了富国强兵，称霸天下，不惜一切代价争夺人才。高官厚禄、华屋高车，甚至折节相交，拜师求教，只要有真才实学，能给国家带来实质性的好处，诸侯们都愿意诚心相召。因为他们深深地意识到，国与国之间的竞争，首先是人才的争夺。而在战国七雄中，秦王嬴政对人才最为渴求，获取人才的方式也最为独特，为了得到韩非子，甚至兵压韩国，不惜一战。

韩非子与秦国的宰相李斯同出于荀子的门下，但其才远胜于李斯。他融法、术、势为一体，将法家思想发挥到极致，成为法家一派的集大成者，所著《孤愤》《五蠹》《说难》深刻实用，阅尽天下，深为秦王激赏。为了得到韩非子，秦王出兵攻打韩国，韩国迫不得已，只好让韩非子出使秦国。秦王与韩非子相见甚欢，完全赞同并立即推行韩非子的主张。但是，韩非子的同门师兄李斯嫉恨韩非子的高才，想方设法陷害韩非子，将其系狱毒害而死。秦王知道后，后悔不迭。韩非子虽死，其法家思想却日益发扬光大，终不负绝世才华。

心中光明

在黎明到来之前，我的心经过与黑暗的较量，就已经大放光明。我知道，一旦破除精神桎梏，从此便再无漫漫长夜。无数次坐等天明，我才发现，那无边的寂寥是被小鸟们的歌声撕裂的，所有的阴郁原来都能以放歌来驱散。那些毫无思虑的人并不知道，白天来临之前，其实有过一番激烈的暗斗。我常常能感受到，对抗中的力量排山倒海。心里永远不能失守，否则，看得见的凛凛霜雪和看不见的不测风云，都将漫天席卷你的梦境。

不要想着以阳光来温暖心扉，即使它热烈如火，依然融化不了岁月的寒冰。一定要自创一套快乐生存的法则，谱写一首颂扬生命的赞歌。如此一来，即使外面的世界雨雪纷飞，心中的天地仍然春意盎然。当然，我们可以欣赏日出日落，晚霞烟霏，恨晨光之熹微，叹露珠之晶莹，不必在任何时候都竖起心灵的篱笆。永夜角声悲，何妨一听；中天月色好，何妨一看。擦亮了心的火花，黑暗就消失了。许久之后，我们或许会怀念那些千方百计寻找光明的日子。

生命并非在危险时才重要

有些人总是在生命岌岌可危的时候，才意识到生命的脆弱，开始反思生命的意义，珍惜生命的价值，他们歌颂、赞美、惋惜、哀悼，以形形色色的样式生动地表达生命的重要。一时诗人、歌者、伦理家、哲学家，如雨后春笋般生长在每个角落，他们仿佛一夜之间，领悟了生命的内涵。

我百分之百相信，在生命的危急关头，几乎所有的人都会身心触动，对生命的敬畏和痛惜油然而生。但我实在难以想象到底有多少人会在平素的生活中，拷问自己何为生命，生命为何。等到生命转危为安的时候，那些哲人智者或将如秋后残叶一般，随风飘逝无影无踪，转身换装而来的是群群追名逐臭者，生命于他们又是红尘中的另外一番意义。事临大恸，事了狂欢。他们只是活着，其实与生命无关，就不必于此时故作深沉地解释阐述了。

耳濡目染

孟子最善于取譬喻事，往往以生动的事例，导引听者的思维。一旦进入他的逻辑轨道，不知不觉便着了道，最后得出与己见相左的结论，那时欲待反驳，不仅来不及，还没理由。因为孟子的思想总是出人意料且高人一筹。

有一天，孟子来到宋国，宋国有位大夫不无自豪地告诉孟子，王宫延请了一位名叫薛居州的道德修养高深的人，宋王天天与他交流接触，如果长期受他教育影响，一定会成为一位德行俱佳的君主。孟子听后微微一笑，并不即时反驳，而是岔开话题，问了他一个简单的问题：如果一个楚国人希望他的儿子学好齐国的语言，是拜齐国人为师好，还是拜楚国人为师好呢？那人回答说，当然是拜齐国人为师好，因为这样可以学到地道的齐国话。孟子说，在楚国学齐语，身边只有一位齐国老师，学完转身又被一群楚国人包围，你再逼他努力，也没什么成效。将其置于齐国的市井之中，天天与齐国人交流，不需迫他学习，很快他就能讲好齐语。如果宋国宫廷之中都是薛居州这样的人，宋王耳濡目染，不需着力修为，也将成为一个德行天下的人；如果宫廷之中皆非其类，只有一个薛居州是于事无补的，宋王还是那个宋王。听者哑然无语。

现代人都明白，要学好外语，一定要有语境。在国人群中，十年二十年都讲不好外语，跑到外国去，一年半载，便讲得一口流利的外语。他们未必能意识到的是，欲求一城一国之改头换面，只有十个八个薛居州是远远不够的。

延长时间

时间，并不是像皮筋一样可以拉长，或者像海绵一样可以压缩。一天二十四小时，一小时六十分钟，分秒不差，并不因为你心情大好就缩短，也不会因为你心情极坏就延长。只是有些人会将时间集中于某一事项，因而显得比别人富余一些。鲁迅就喜欢将别人喝咖啡的时间用来读书，日积月累，书便读得比别人多了许多，乃至于人们怀疑他的时间从何而来。有些人十分珍惜时间，拒绝一切无谓的应酬、务虚的会议、空泛的讨论，把时间花在了刀刃上，不仅做事富有成效，还显得从容不迫。还有一些人天生就是统筹规划专家，对时间的计算精确细致，一生之中需要完成哪些心愿，一段时期需要达到什么目标，一天之内将要如何展开，无不周密计划，妥善安排。在该学习的年龄把书读完了，在该创业的时候决不记挂玩乐。化妆之前一定是先刷牙再洗脸，能顺道完成时当然不来回折腾。一生算下来，节省下来的时间，相当于再活了一次。所以时间虽不能绝对延长，却能凭智慧相对变多。

找准恰当的打开方式

理论上，每个人都有一个最恰当、最舒适的姿势可以打开人生长卷，遗憾的是，实践中只有极少数人找到并采用了这一美妙姿势。正如开车，驾驶室的位置要根据司机的高矮胖瘦等身体条件进行合理调整，以使坐姿舒适驾驶方便。人生也是一样，需要根据不同的时期、不同的境遇，科学地调节展开模式。有人从少时到壮时到老时，自始至终只有一种姿势，无所谓适合或正确，因为压根就没有动过换姿势的念头，只是凭着习惯抱残守缺。有人虽有变换姿势的意识，却总是调不到位，难免别扭怪异，人生的画卷打是打开了，就是歪歪斜斜，自己固然不畅快，别人也不以为然。当然，也不乏有人根据不同时期、不同场景，不断适应环境，果断做出深度调整，最后的姿势与往者相较，甚至已完全转向，变化幅度之大，自己都出乎意料。正是因为找到了那个最适合的姿势，才觉得身心俱为舒适，展开的人生画卷才简古高拔、意态玄远。

放弃有时是正解

一直以正确且唯一的方式牢固扎根于我们内心的某些观点、理念和标准，在新的形势和世态下，也许该做适当的调整和改变。比如“世上无难事，只要肯登攀”，登攀，当然是一种积极向上的态度和精神，值得宣扬和普及。努力到极致，自是没有什么解决不了的问题，但也许付出的代价不可估量。如果我们遵循“世上无难事，只要肯放弃”的原则，又将如何呢？选择放弃，所有的难事甚至都不成其为事了，再简单不过。听起来消极无为，有时还真是最佳选择。算来人世间值得毕生登攀的事实在无几，花费巨大代价去做意义不大的事，无疑是种浪费，放弃是明智的决定。

山既高到不能攀越，那就想方飞越；城既坚到不能攻破，不妨设法绕过。非要硬碰硬征服击降，有时可能杀敌一千自损八百。完成某项使命，首先要洞悉这项使命真正的意义所在，不要将两可的事情当成必做的任务完成。实现目标也有千方百计，不必抱残守缺，一条道走到黑。弃一城而获一国，难道不比破一城伤己身更有效？高览与平挹若都能得远方之胜，何不痛快地放弃登攀！世异时移，我们在讲究方法创新的同时，更要深究立论的正确与否。

商鞅的幸与不幸

商鞅与秦孝公倒真是一对知己，千古君臣的典范。秦孝公重用商鞅为大良造，执掌国政。商鞅大力推行变法，用十八年时间将秦国从一个偏远落后的国家，打造成一个兵强国富的大国。这十八年中，商鞅严刑峻法，无论贵族平民，对之无不心怀畏惧，匍匐敬服。甚至太子都要对他礼让三分，不敢得罪。奇怪的是，秦孝公却对商鞅信任有加，从未稍疑，即使无数宗亲贵族被商鞅削鼻刺脸严加挞伐，秦孝公也一任商鞅所为。甚至秦孝公去世的时候，竟然欲将王位传于商鞅，可见对他有多么赏识。正是感于秦孝公的知遇之恩，商鞅才决定不惜与全国为敌，也要令秦国脱胎换骨。功成之时，他没有及时隐退，错过了最好的脱身机会。秦孝公离世时，他想退身免祸，却已无路可逃，最后被秦惠王车裂而死。秦国人一边享受着商鞅变法带来的成果，一边冷漠无情地看着商鞅被凄惨地处死。可以想象，临死的那一刻，商鞅是多么绝望。

贵无与崇有

魏晋南北朝时期，烽火四起，战争频仍，特别是中原大地，朝代更迭如同走马，百姓被驱不异犬鸡。时势混乱不堪，思想也渗透交融。先是儒道融合产生了玄学，然后是玄佛合流，儒释道三分天下，又彼此借鉴，相融并行。

玄学始于魏之王弼、何晏，以“无”为贵，以“有”为末，所以要言不尽意，得意忘象，顺其自然，无为而治。晋朝的阮籍嵇康虽宗老庄，贵重自然，却痛斥名教，反对儒学，以“越名教而任自然”为己任。稍后的郭象主张“崇有”，认为名教即自然，自然即名教，竭力将儒道两家融会贯通，把玄学研究推到了新的境界。而之后的僧肇，以厚实的老庄道学功底，结合渊博的佛学理论，终于促使玄佛合流，为天下士庶所接受。

僧肇最高明之处，在于将“贵无”和“崇有”观合二为一。他认为，客观世界从本体论看，虚幻不实，是空的、无的；而从现象学的角度看，客观世界又表现为具体而多样的现象，真实可感，是实的、有的。所以有和无是事物的两个方面，说它有，是因为现象是具体而短暂的；说它无，是因为本质是虚幻而永恒的。

正如两个内功修为势均力敌的武林高手对掌，一时难分胜负，又不能全身而退，正处胶着状态，有个功力远胜双方的扫地僧轻轻一运气，顿时将双方轻轻震开。于是，双方心悦诚服，化敌为友。僧肇就是这个扫地僧，他看似不经意的一招，却解了越系越紧的思想之结，此后，儒释道得以相融相通，行稳致远。

胸有五车书

庄子曾责惠施曰：“惠施多方，其书五车，其道舛驳，其言也不中。”意思是说他虽然学问广博，藏书多达五车，却思想杂乱无章，言辞多有不当。庄子与惠施其实是惺惺相惜的好友，虽然庄子始终对惠施的主张不以为然，但是对他的学问却从不吝惜赞赏。其赞词“其书五车”也便成了成语“学富五车”的出处，后人常喻根柢深厚者为学富五车。

史上自谓学富五车者亦不在少数，王维《晚春严少尹与诸公见过》诗云："松菊荒三径，图书共五车。"王维这样才华横溢的人当然当得起学富五车的自许，只是他虽云学厚，最终却毅然选择了归隐。不仅学富，而且智深。

始终意难平而又满脑子爱国、满肚子学问的是陆游，他在《云门过何山》诗中写道："空将书五车，自诳腹十围。"感叹自己徒有一腔热血、一身本领、满腹诗书，奈何终不见用。更加无奈的是辛弃疾，他胸有十万兵，腹藏万卷书，也曾沙场秋点兵，更有万字平戎策，却只能饮酒种树，戏儿垂钓。他的《满江红·寿赵茂嘉郎中前章记兼济仓事》词云："算胸中、除却五车书，都无物。"此身别无长物，只有一身学问，既堪自慰，又当自叹。

也许正因为胸有五车书，所以难免作不遇之叹，像我们这样只有一车半车书的，或许正好。

悟道无先后

孔子曰："生而知之者，上也；学而知之者，次也；困而学之，又其次也。"《中庸》有云："或生而知之；或学而知之；或困而知之。及其知之，一也。"乍一看，似乎二者观点颇为抵触。其实不然，前者讲的是通晓至理的方式，天生通达当然最好，通过学习悟通也不错，遇到困境被迫求道就属末等了。虽然是被动式的，但终究还是学懂了，比起那些无论如何也不学的人，又不知高明多少了。

后者的论述重在通晓的道理。不管是生来就明白的，还是学习后悟通的，或者困境中体验的，最后都懂得了人生的至理。从结果来看，都一样，至于通过什么形式达到，并不重要。

也许有些人兜兜转转，才懂得了人生的真谛；有些人只是说说笑笑、轻松裕如，就破解了人生的密码；有些人身上从无枷锁缠身、框架束缚，少时便心如明镜，看清了世界；有些人心绪一直困于樊笼、囿于篱笆，直到须发皆白才消除迷茫，厘清了尘缘。人的天赋不一，机缘各异，不管轻松还是艰难，不管少壮还是老迈，只要结果得道，终属圆满。孔子曰：“朝闻道，夕死可矣。”我们要着力的是能否悟道，而不是耿耿于何时悟道。

无可无不可

在庄子看来，天地与我为一，这便是大道，通达了此点，则再无滞碍，自是无往而不自得。公孙龙所谓的指有彼此之分，马有是非之别，不过都是毫无意义的争辩，天地一指也，万物一马也。相通为一后，不再是此亦一是非，彼亦一是非，而是是亦彼也，彼亦是也。得道者心中豁然，通晓物固有所然，物固有所可，默认无物不然，无物不可。所以，得道后的圣人都是随流从众的，大家认为怎样，那就怎样好了，因为一切都没有好坏是非之分，就不必去做无谓的争论，一定要迫使别人听从自己的意见，一切都让自然天道普照众生就是了。

为了说明圣人的弃辩任众，庄子讲了个生动的故事做说明。一个养猴的老头，有一天给猴子分发橡栗，他告诉猴子们，早上发三颗，晚上发四颗。猴子们很不高兴，吵吵闹闹。老头说，那就早上给四颗，晚上给三颗吧！猴子们一听很满意，雀跃而去。朝三暮四与朝四暮三，一天的总数都一样，猴子们却为此争辩不休，喜怒有别，只有老头知道个中道理，既然朝四暮三的分发方式猴子们满意，那就按照大家的意思做好了。在这则故事中，猴子们便是芸芸众生，老头无疑喻之圣人。

庄子没后数千年的今天，众生仍在，是否有一二人如庄子者隐于山林都市？

用心参世界

年轻时我们常睁眼看世界，竖耳听世界。那红的花、绿的树、青的山、绿的水，谁能看了不怦然心动，流连忘返？隐藏于无序万物中的几何图形，生灭于人们脸上的微妙表情，永存于天地之间的阴阳变化，需要有一双慧眼去仔细端详，方能看出其中的妙处。把万里浮云看穿，把变幻世事看透，火眼金睛也就练得颇有成效了。

这世界不只有五彩缤纷之色，品类不一之形，更有天籁之音，美妙之声。当你微闭双目，开启听觉，屏蔽了形色，声音就突然清晰起来。若能在呕哑嘈杂中捕捉到和声清音，在黄芦苦竹里欣赏出弦歌雅韵，你就能在熙熙攘攘的世界听出山水之音，听出风雷之声。

经历了岁月的洗礼，我们学会了用心感觉世界。花草树木附丽的灵意、英雄高士彰显的正义、山川江河透出的神韵、天地日月弥漫的精气，不是肉眼所能看见、凡耳所能听到的，必须凝神静气，心无旁骛，才能感知意会，领略其要。所以，越是透彻，越会弃置眼耳，而频启心灵。犀利的眼神、敏锐的听觉，只能认知形形色色的世界；充沛的情感、灵动的心绪，方能感知气韵生动的世界。

怀念烟火气

恰如一台运转了数十年的机器突然停止了轰鸣，习惯了在噪声中安然入眠的我们一时无法入睡，以前在深夜都难以祈求的寂静，如今日夜双现，可以尽情享有。拥挤的广场原来宽阔如斯，喧闹的街市可以冷清如斯，堵塞的道路居然畅通如斯。一直停不下来的脚步，戛然而止，谁都不曾料到，是自己强行约束了自己的行为，自己强行限制了自己的自由，心在方寸之间慌乱。那些我们厌烦的叫卖之声消失了，那些我们为之惊悚的人山人海不见了，那些我们畏惧的滚滚车流远去了。日出常惊林鸟，落花着地有声，寂冷中我们惊觉，世界原来就在我们身边。我们却还是怀念那锣鼓喧天的热闹，怀念那人喊马嘶的壮观。“酒留余香情自在，气吞山河盏杯间”，虽然有些任性，但至少还有烟火气息。现在我们幡然醒悟，其实我们并不在乎多么辛苦，并不在乎多么富有，只要一直拥有健康和自由。

改想为做

明天再说，这既是我们的口头禅，也是我们的行为习惯。事情一到明天，就自然缓了下来，乃至忘却过去，许许多多的事情便如此不了了之，及至蓦然回首，我们实际完成的事项不及我们认为应该完成事项的十分之一。年轻的时候，我们当然有无数个明天用以推脱，人到中年以后，明天既少且速。于是，我尝试着想到了便立即着手即使迈出跬步，想那千里之遥，终可到达；哪怕略作扬尘，思彼泰山之重，终可搬移。一味用嘴，只停留于虚构；只有动手，方成就为实绩。

由此，将自我的人生评判标准做了重大调整，由过去的想得多么辽阔深远，改为现在的做得多么扎实整固。因此，不再为伟大的理想而激动，却屡为每日的精进而欣喜。那些看似不起眼的微小积攒，是否也会有朝一日如陶侃的竹头木屑，为打造梦想的楼船巨轮发挥重要的作用？

人生如车驰

人生恰如开车行驶于路途。有时你独自穿行于广袤的原野、陡峻的山崖、幽静的村庄，虽然寂寞，但很安宁；有时你与一众人并行于城市，停泊于景点，凝滞于隧道，虽然热闹，但很烦闷。在高速上，你风驰电掣，一路畅通。在城市中，你左顾右盼，缓慢通行。在红绿灯前，你停行由运，不能自已。有些人与你一起出发，三闪两越，很快就绝尘而去。有些人一路遭遇红灯，被你远远甩到身后。看到别人的车道水泄不通，自己的前路畅通无阻，不免心中满是快意。一旦自己逢堵遇塞，看到别人肆意飞驰，心中一定怅然若失。有时亲眼看到车毁人亡的惨剧，心中油然惊悸，暗自庆幸平安顺利。其实人生有快有慢，时通时堵，不到终点，谁能断定谁走得最好呢？

岁月无情而公平

岁月和法律一样，虽无情，但公平。她像春天染绿田野一样染白每个人的头发，她像板块挤压地层一样褶皱每个人的皮肤，她像冰层凝绝流水一样窒息每个人的思维。无论你是贫是富，是穷是达，是贵是贱，岁月都不会遗漏你。从这个意义上说，岁月才是人间最不可欺、最不可谀、最不可抗者。

有人赌气说，岁月不曾饶过我，我又何曾饶过岁月。问题是，岁月永在，而人如花，开了一茬茬，谢了一批批，我们又何必自欺欺人！

岁月中来，岁月中行，岁月中走，这是每个人一生的宿命。赞美也好，感叹也好，岁月依然无情；厌弃也好，留恋也好，岁月从来公平。

美好易碎

几朵白云挽手在空中漫步，优雅从容，纯洁无瑕，像刚刚绽裂的棉花，像漫天飞舞的雪片，像人之初原始的本性。她们飘然快拂树梢，灿然贴山争飞，在一方人间仙境短暂驻足，那里湖光山色两相和，那里车如流水马如龙，阳光正明媚，花儿正盛开，歌声振林木，时光不流转。云在天上歇，却在水中停。山湖人云，水木花鸟，恰似一张吞吐天地的风景画，让人赏后顿觉世界宁静美好。

忽一阵狂风骤至，花乱枝摇，山色空蒙，鸟声绝迹，山林寂寥。人群去后，一片狼藉。向之静好，顷刻之间，凄凉破碎。最是那洁如善者之心、纯似禅者之意的高空白云，已风流消散，无复当初。原来世上越是美好的事物，越是经不起哪怕些微的摧残。

门虽关而窗开

上帝关了一扇门的时候，人们便期盼上帝能开一扇窗，无非是希望自己从另外一条道路突围。被关门是一种被动，求开窗是一种无奈，在被动无奈之下的脱铐，虽算幸运，但并不值得欣喜。

真正的强者是自己主动关上那扇门，然后凿开一扇窗。关门也许是因为“门有车马客”，欲将滚滚红尘拒之于门外；也许是觉得“出门即不怡”，既然出门不悦不如索性关了；也许是为了“掩门高坐日悠悠”，关起门来自有一种安静自在；也许是忧惧“出门歧路空交加”，不知往何处去，关了门省得费思量。但人不能永远局居一隅，须得找到事业的出口、精神的出路，当然要选择在某个最佳处开窗透光，那时节或赏“窗外桃花烂漫开”，或见“窗含西岭千秋雪”，或闻“窗间宛转蜂寻蜜”，可以“闲坐小窗读周易”，亦可“窗前且把离骚读”，真正做个“窗下芭蕉灯下客”。主动关门，当能过滤与己无关的人与事；自己开窗，自可选择心满意足的路与景。

简单生活，深刻思想

生活如果不简单化，思想就无法深刻化。但随着我们日渐长大成熟，生活只是单向地由简入繁。人情世故，生老病死，不是想回避就回避得了的，而且事情往往呈现越做越多的趋势。生活复杂了，情感就丰富了，心思便分散了。正如眼中的图景太恢宏，无法聚焦一花一叶；胸中的欲壑太深广，无法淬炼纯粹思想。那些思想大师都是能够简化生活、凝神聚力的智者。他们并不是不食人间烟火，他们也穿行于繁华世界，只是不做长久逗留，他们善于随时舍弃，日增日减，即做即毕，毫不留恋，无顾情面。生活于他们，恰如那一汪泉水，不停地冒出，不停地流走，永远保持新鲜均衡。而思想，在简洁的生活中得以精心酿造，待得出炉时，当然精粹醇厚，芳香四溢。

“家”已泛滥

任何职业者，但凡以“家”誉之，立即变得儒雅高尚起来。经商的变成企业家，教书的变成教育家，唱歌的变成歌唱家，画画的变成美术家，演戏的变成艺术家，写作的变成文学家。经过这一蜕变，仿佛有丑小鸭进化为美天鹅的感觉，原来那种粗鄙和浅陋，完全被优雅和深刻所粉饰。故人人皆努力在名字之前，冠以“某某家”之称号，以标榜自己脱离了幼稚的初级阶段。有些实在无法勉强称“家”者，便要自高为“工匠”“工程师”，以别于普通从业者。

其实，赤裸平常的名字最是朴素本真，带上名实不符的“家”的称号，倒显得滑稽可笑，此地无银三百两。真的百炼成钢了，不自是亦为人所称是，正如俗话所说：“不说话别人也不会把你当哑巴。”

社　会

仁与术

没有人是生而知之的，即使是天赋异禀者，也要经过学习和磨砺，才能成为智者。孔子无疑是圣人，但他也是在思考和体悟中逐渐成圣的。他曾说：“始吾于人也，听其言而信其行；今吾于人也，听其言而观其行。”意思是说，以前我听了别人的话就信以为真，现在听了别人的话，必须经过他的行为验证才会相信。孔子说这种观念转变是因为他的学生宰予，大概宰予是个典型的说一套做一套的人，故而孔子大失所望后，感叹不能轻易相信他人。他的学生尚且如此，其他人在孔子面前就更可能谎话虚话连篇了。以此而论，孔子被骗受挫应该不在少数，好在他还能及时反思并调整。可见，圣人的思想也是在吃亏上当后臻于完善的。

比他晚些的韩非子似乎比他来得锋利多术一些，韩非子提出要“听其言必责其用，观其行必求其功”。你不是爱自吹自擂吗？那我就要检验你的话实不实用；你不是说你亲力亲为吗？那我就要检验你的行为有没有效果。他说，既然大家都睡着的时候，看不出谁是盲人；大家都不说话的时候，听不出谁是哑巴。那好办，全部睁开眼，盲人就装不下去了；每个人都说话，哑巴就沉不住气了。一切以实际结果说话，而且要一对一地测试，那些“南郭先生就无所遁形了。

韩非子的办法有些重术，不如孔夫子来得厚道，却很是管用。孔夫子是在吃一堑长一智的基础上慢慢成熟的。韩非子是借助术的应用，辅助自己迅速完善的。

来之不易的宁静

我深切地感受到，生活中的这片宁静其实是多么珍贵。外交家在国际舞台唇枪舌剑纵横捭阖，一言一行都经过深思熟虑，他们有时义正词严，有时彬彬有礼，都是为了维护国家的尊严和荣耀。战士们夜以继日地操练磨砺，翱翔长空潜伏海底，坚守着每一寸土地，看护着每一个国民。

疫情肆虐，白衣天使披挂出征，面对死亡，没有人稍作退却，硬生生将病毒压缩在狭小的空间。洪水泛滥，子弟兵们奋勇争先，以身为金石，筑起道道铜墙铁壁，让城市继续保持热闹，让农村依然维系恬静。地震突发，军地双方联合作战，抗震救灾，无数人奋不顾身，不计名利，只为拯救生命，让生活重回正轨。

我漫步于街头或者流连于山野，看花灿烂地开着，树青葱地绿着，有鸟和鸣，有蝶飞舞，人在生动地表现，景在依次地展开。蓝天白云下，宁静弥漫在辽阔大地，落满了楼阁庭院。我知道，在那平和安宁的背后，有千万副身躯在力挺万钧。

强者独行

大凡强者皆是踽踽独行，而弱者更多结伴而行。个人热量不够，才需抱团取暖。内力足以抗冷御寒，自可履冰披雪。力不足以独支，必求相互扶持，共同努力实现目标。元气饱满充盈，倏发倏往，一人便可抵达终点。正如雄鹰，总是独自翱翔，搏击长空；而燕雀常常是群起而飞，越房穿树。又如老虎，总是独自出没，啸霸山林；而鬣狗却要成群结队，集体进退。

江湖也是一样，那些剑侠豪客，因为艺高胆大，喜欢千里独行，行侠仗义。而那些不入流之辈，则好拉帮结派，设堂分舵，仗着人多势众，欺压良善。

故生活中自谓朋友遍布、路路畅通者，往往是个内心十分怯弱的人；而那些凡事独自承担、一力解决者，其实是个内心无比强大的人。

欲得先学

《论语·卫灵公》曰："吾尝终日不食，终夜不寝，以思，无益，不如学也。"《荀子·劝学》云："吾尝终日而思矣，不如须臾之所学也。"孔子和荀子都强调学习的重要性，没有所学作基础，思考是无果的。

学习无疑是件苦差事，把那些没见过、搞不懂的知识学问弄通弄透，少不得花功夫磨心性。寒窗之下，一坐数载数十载，常人哪里坐得住、耗得起？青春年少，是吃喝玩乐的好时候，还不逍遥快活去了，几人能够潜心读书？功成名就，是大出风头的好时节，还不四处招摇去了，几人能够静心读书？不读书，视野岂能高远，心胸岂能开阔？无底蕴的思考，不过是无源之水，无本之木，即使绞尽脑汁，思及的也只在表皮，想到的也只限方寸。

为什么同是一棵树，有人只看到树叶枝干，有人却能穷极根须；同是一个问题，有人只能就事论事，有人却能鞭辟入里？此学与不学之别也。或有辩者说，我只是个实践者，并非学问家，不必孜孜以求学，耿耿于益识。然不有知识，何求妙法？孔子不睡不吃，思而无益，还得转而求学。荀子思索整日，效果还抵不上瞬间所学。大师们亲身实验得出的结果，平凡如我们，有什么理由不照着施行呢？

最为难能可贵的是，我们在此疫中达到了久违的步调一致，国家振臂一呼，人民应者云集。共同战斗之心一起，几乎无坚不摧。只要毫无杂音，群情激昂，似乎没有什么可以难倒中国。经此检测，说明民心可用，民力可资。

疫情至今尚未结束，人们思考仍在深入，新观念、新伦理、新作为开始层出不穷，也许崭新的生活将要脱胎于曾令我们恐惧厌恶的新冠病毒。

耐心是获胜法宝

战略相持阶段，拼的是耐力。十四年抗战，心理不够强大的人，即使不上战场，也会抑郁萎靡，等不到最后的胜利。特别是僵持不下之际，双方力量达到均衡状态，一个小战役的胜负，可能就打破了僵局，全局胜负的天平就要发生倾斜。正如拔河时势均力敌，一个深呼吸，也许立刻会影响到结果。三国时期，曹操和袁绍两军对峙官渡，袁强曹弱，曹操几次想撤兵退守许都，谋士荀彧等人力劝曹操坚持下去，只要顶住压力，进入相持阶段，袁军内部定有变化。曹操咬牙坚持，几乎在粮尽之时，终于等到了机会，从而一举击溃袁绍。曹操胜在耐心，袁绍败在急躁。

富有传奇色彩的狙击手之间的决战，最终考量的也是耐心，战场之上，一趴可能是几小时，也可能是三五天，一旦露出破绽，立时便成了对方的靶子。我们熟悉的电影《兵临城下》，讲述的是苏联红军传奇狙击手瓦西里与德军顶尖神枪手康尼少校，在斯大林格勒战役中的一场生死较量。两人不仅斗智斗勇，更斗耐心和毅力，交战有时惊心动魄，有时悄无声息，而瓦西里凭着优秀的射技和超强的心理笑到了最后。

微观世界的短板

在宏观世界里，一切可视可闻，我们敢于上天入地，我们能够登山渡水。空中的鹰隼，丛林的虎豹，海中的鲸鲨，我们都有办法擒拿制服。而在微观世界，方寸之间都挤满了各种生物，无形无声，目力耳力无法穷尽。也许我们一举手一投足，便要消灭无数的微小生命，也许它们朝生暮死，根本无须别人动手，自己就在极短的时间内结束了生命。

然而，所有宏观世界的庞然大物，最后都奈何不了这些弱小得无法见闻的微细生物。人类也一样，即使是宏观世界的王者，主宰着一切生物，但对微观世界也知之甚少。细菌病毒一侵袭，便有无数的生命要纷纷凋零。也许这正是生物链的一环，即使再强大，我们也有致命的敌手，而且敌方在不断地进化和衍变。抵御和防守，是我们人类繁衍过程中的不变主题。

历　史

苍凉身后事

英雄如曹操者，亦有分香卖履之嘱、遗物托孤之哀。婉娈房闼之内，绸缪家人之务，昔日光被四表、格于上下的风采豪情，在岁月面前荡然无存。罗隐感叹道：“英雄亦到分香处，能共常人较几多。”陆机惋惜云：“夫以回天倒日之力，而不能振形骸之内；济世夷难之智，而受困魏阙之下。”

曹操鼎盛时，曾于漳河之滨筑铜雀台，金碧辉煌，气势雄伟，玩好满室，美姬盈庭。常大宴宾客于其上，饮酒赋诗，观舞赏乐，极尽奢华。待其身衰气绝，临终遗言，固无往者气概。至于将所存之香、所积之衣分与众人，赠金遣散后宫姬妾，留者教之制鞋纳履之工以图生计，托付安顿未成年之子女，何等缠绵哀伤！向之雄风，而今安在哉！

系情累于外物，留曲念于闺房，这恐怕是英雄与常人所共有之特征。常见成就非凡者，于在世之日，为子孙后代费尽心机作长远之计，一旦死去，数十年之谋划顿时瓦解冰消，所以俊杰贤达并不在意身后事，寂寞还是隆盛，那是后人的事，与己无关。

历史可观不可改

历史像条路，从过去蜿蜒至今。站在当下回望，所有的人物背景、故事情节，历历在目。有时血雨腥风，刀光剑影；有时春光明媚，宁静祥和；有时乌云密布，狂风劲吹；有时晴空万里，江山无恙。将军提枪纵马，呼啸而来，身后是一片片草原、一座座城池。文人醉酒狂歌，风骨凛凛，笔下是一篇篇文章、一首首诗词。英雄争霸，一心要经营家国天下，确定了历史的血脉走向。诸子交锋，只为思想能传扬千古，构筑了历史的骨架形状。百家争鸣，各自的表达皆成经典，丰满了历史的血肉肌理。

在战争将败的时刻、在忠臣被害的俄顷、在国破家亡的关头，作为清醒的旁观者，我们痛心疾首却无能为力，只能扼腕叹息，徒然伤悲。因为历史只能被回观，却不能被扭转。

纵横捭阖的战国

战国时期，虽有齐楚燕韩赵魏秦七雄之谓，实则尚有东周、西周、宋、卫、中山五国。十二个国家攻伐兼并，斗智斗勇，故事奇崛，谋略妙绝，实在是精彩纷呈。《战国策》中记载的都是乱世生存发展的真知灼见、超人智慧。志在一统的英明霸主、天下在心的智谋之士、胸有韬略的军事统帅，屡见不鲜。“战国四公子”平原君、信陵君、孟尝君、春申君，各养士三千，人才济济，该是多么壮观。连横合纵，将四海军队整合成两股对抗力量，竟然出自苏秦、张仪两个读书人之妙想，该是多么不可思议。乐毅为燕国旋下强齐七十城，田单力复齐国七十城，似乎是天方夜谭，却是真实事件，名将之功，奇如梦幻。《三国演义》中，诸侯争霸，妙计迭出；《战国策》中，诸国争霸，其实智更神奇。只是很多人对战国时代的历史不甚了解，且缺乏罗贯中这样的文章高手，是以战国故事不彰，惜哉！

欲盖弥彰

曹操赤壁之战大败北撤，士层多有讥讽者。为掩众人之口，曹操写了《述志令》一文。其中不无自豪地说："设使国家无有孤，不知当几人称帝，几人称王！"其实，曹操是多虑了。若说辅弼汉室，挽大厦将倾，曹操倒是做到了，却有始无终，他一死，儿子曹丕便夺了汉家江山，之前那些为国立下的功劳，立马变成为自己创基业的努力了，崇高之意退而自私之味浓。所以，从无人将曹操比作伊尹、霍光，世皆以奸雄名之。当然曹操讲了句大实话，那就是天下不少人想称王称帝，但没有曹操去扫灭荡平，一定还会有别的人代行其劳，袁绍、袁术、公孙瓒等人，绝非泛泛之辈，曹操不显，其中一定有人会脱颖而出，剿灭群雄，再与刘备、孙权一决高低。因为目的都是要抢夺刘氏天下，所以是谁最后胜出并不重要。曹操此言，志在表功，虽然豪迈，却乏正义。言之无气，故行之不远。

善始善终

项羽打了一辈子胜仗，垓下一战失利，便大亏特输，国灭了，命也丢了。王莽受了一辈子赞美，一朝篡位，立即声名扫地，誉毁身死。刘备对诸葛亮一辈子言听计从，独东伐孙吴自作主张，结果猇亭之战，精锐损失殆尽，自己也惊愤而亡，蜀国从此再无问鼎中原的力量。

现代人也一样，有人一路攀升，大半辈子顺风顺水，却在旦夕之间锒铛入狱，沦为囚徒。有人财运旺盛，富可敌国，大半辈子过着锦衣玉食的生活，却在旬日之间破产负债，一贫如洗。有人德艺双馨，声名日隆，大半辈子受人尊敬爱戴，却在转瞬之间名节尽毁，遭人唾骂。

人生往往如此，毕生努力所成之事，一朝疏忽便灰飞烟灭。所以真正的成功，是善作者善成，善始者善终。在此前提下，再去奢论事之大小，格之高低，存之久暂。

国运与异象

天生异象，在古代便是不祥之兆，意味着当朝失德或将改朝换代，因此史载灾难异端多在天下行将大乱之时。《搜神记》中专门辟出一卷，记录各种非常现象，并与重大的朝代变革和军事动乱一一对应，且在《易传》中找到理论依据。

汉成帝时天下出现的异象最多，汉祚到他手上，基本将尽，虽然他在位二十多年，但王氏外戚到后来基本把持了朝纲，加上他宠爱赵飞燕、赵合德姐妹，生活奢侈糜烂，朝野怨恨，乱象丛生。他死之后，王莽没多久就篡夺了汉廷，天下由是大乱。所以汉成帝时发生的自然异象都被视为祸兆，且大多归因于王莽篡位。比如汉成帝永始元年（公元前 16 年）和汉哀帝建平三年（公元前 4 年），都有树枝长得像人一样，形状极肖，换作现在，绝对是上好的根雕艺术品，但那时按照《易传》的说法，“王德衰，下人将起，则有木生为人状”，正好应了王莽以下篡上的史实。汉成帝绥和二年（公元前 7 年），有人发现马厩里有匹马头上长角，其时王莽官任大司马，便将马上长角归为王莽害上之萌。同年，天水郡还出现了燕子生麻雀的怪事，《易传》认为“生非其类，子不嗣世”，生的不是同类，子孙继承不了大统，又将王莽篡位拿来说事。

凡此种种，但凡出现“不祥”的奇异自然现象，王莽篡权便是最佳解释。想来王莽若是和隋文帝杨坚一样能夺权成功，恐怕一切的祸兆都会归结为祥端。历史从来都是如此。

世界大变局

一百多年前，李鸿章曾清醒地认识到，中国正面临三千年未有之大变局。一百多年后的今天，中国又面临百年未有之大变局。两次大变局，都是存亡危急之秋，需要有志之士奋发图强且唯谨唯慎。第一次变局中，经济基础面临全面转变，以农业为主的中国经济受到了以工业为主的西方经济的巨大冲击，几近崩溃。国家的政治、军事体系在西方的坚船利炮的冲击下日渐解体，国将不国。传统的学术文化知识架构发生彻底转向，主流的儒学、道学让位于自然科学和实用技术。道德信仰和价值观念完全坍塌，开始崇尚并效仿西方的思想理念和价值取向。在这个大变局中，中国是处于极端被动的危险境地的，在夹缝中求生存，一个不小心，就要政息国亡。好在无数的仁人志士舍生取义，救亡图存，让中国这艘旧船在风雨飘摇中度过了危机，驶向了崭新的海域。

时至今日，我们又遭遇了第二个变局。世界格局发生剧烈动荡，固有的国际秩序面临坍塌的危险，新的政治、经济秩序尚未建立，第四次工业革命方兴未艾，科技比拼的激烈程度前所未有，人类的生产和生活方式将发生根本改变。在这个变局中，有风险，更多的是机遇；有被动，更多的是主动。不像第一次变局，中国完全是被世界大潮所席卷，没有半点主动权。在大变局中，能否取得先机和胜算，起决定性作用的是观念和认识，归根到底，是思想和文化。

被历史淡忘的郑旦

西施作为中国历史上的四大美女之一，几乎无人不知无人不晓。她不仅有沉鱼之绝世容貌，更有舍己之奉献精神。且相传与富有智慧的越国重臣范蠡传有一段凄美的爱情故事。其实，与她同时期的还有一位名叫郑旦的非凡女子。郑旦与西施有“浣纱双姝”之称，容貌不在西施之下，爱国之心亦不逊于西施，做出的牺牲甚至更大，关于她的事迹却湮没于历史，声名不得远扬。西施与郑旦，一个生于浣溪之西，一个生于浣溪之东，是一对亲密好友，郑旦好武习剑，性情豪放，经常帮助西施坚定信心，战胜危难。

后来，二人皆被越王勾践选中，教以礼仪，习以歌舞，献给吴王夫差为妃，以色乱其国。她们临危受命，以身许国，忍辱负重，助勾践实现了复国灭吴的宏伟计划。然而，她们并未得到应有的善待，结局都很悲惨。传说郑旦郁郁早逝，西施与范蠡泛舟江湖（一说沉江而死）。无论西施是否与情人相伴而终，她等到了功成之日，最为成功者，西施之名，从此永载史册，辉耀千古。而容貌、胆略兼备的郑旦，还没等到越甲吞吴就已抑郁而终，成了西施的陪衬，在历史上默默无闻。命运于她，确是有些不公。

究其原因，或许是因为西施柔媚，更得吴王夫差宠爱，郑旦虽也获得吴王欢心，但处于从属地位。在越王勾践的心中，郑旦对吴国的破坏力不如西施，其功绩当然亚于西施。举国上下的宣传赞美之声自然也就集中于西施身上，郑旦便受到了冷落，乃至逐渐被淡忘。况且，西施与范蠡是一对情人，范蠡功成身退的壮举被历代士子所激赏，两人退隐江湖的爱情传说，为彼此的历史声誉都增添了分量。而郑旦却缺少这种美丽的爱情故事加持，没有浪漫传说，再美丽奇异的女子也无法在历史的画页中完美呈现。

明智的赵匡胤

东汉末年，天下大乱，一切都源于割据势力的形成和坐大，乃至吞并互伐。有了土壤和氛围，有点野心和能力的人都想逐鹿中原。像三国时期，各路诸侯从拥兵自保到称王称霸，实乃时势使然，不奋起作战，便难逃覆亡命运，但凡有点勇气者，当然要冒险碰碰运气。那些本就有天下之志者，更要借机起事，争夺天下。唐朝盛时，海晏河清。待到朝中混乱，那些镇守一方的刺史守将便开始拥兵自重，在攻伐战取中优胜劣汰，留下一两个实力超强的军阀，最后毁灭唐朝。

北宋开国之君赵匡胤并非通过死拼恶杀夺得天下，而是黄袍加身，“捡”了个皇帝做的，所以心里一直不踏实不安稳，他知道自己策划了一出黄袍加身的好戏，身边不知多少人也在盘算着精彩重演呢！于是，他机智地来了个“杯酒释兵权”，一举将能征惯战之将全部卸甲撤换。能否一统宇内暂且不顾，首先得让自己的卧榻之侧无人敢睡。接着，他频繁调换将帅，来了个“将不知兵，兵不知将”，坚决杜绝了将帅坐大的隐患，而且形成制度一直贯彻实施，因此有宋一朝从未出现军阀和反将。

虽然宋朝军力疲弱，作战时屡战屡败，但运祚前后好歹维系了三百多年，若是赵匡胤没有及时采取有效策略，估计用不了几年，他可能就被取而代之。两害相权取其轻，赵匡胤是明智的。

文人不反的两宋

宋朝，无论北宋还是南宋，对文人都十分优待，更重要的是对文化无比崇尚，所以两宋时期的文化非常繁荣。朝廷对工商业也高度重视，商人的地位有所提高，积极性和活跃性明显增强，推动了经济的高速发展。鼎盛时，宋朝的经济总量占据全世界的近70%。人们的物质生活富足充裕，各种文化娱乐丰富多彩，精神世界得到极大满足。可以说，两宋时期是历史上文人比较惬意的时代，也是比较有尊严的时代。

但对武将来说，在宋朝是颇为落寞的，即使像狄青这样的名将，也因为文化修养不高，曾被一代文豪欧阳修加以嘲讽。重文抑武，宋朝的武力值自然可想而知，对外作战时往往以失败告终，但对内的统治似乎又很牢固。据统计，两宋的农民起义有四百多次，最后都被剿灭抚平。虽然朝廷的作战能力有限，但朝廷把文人阶层都牢牢地团结在身边，富商也不愿参与起义队伍，义军始终都是一群苦难农民，没有远大目标和理想，自然容易被瓦解抚平。这或许是两宋重视文人和文化的边际效应吧！这种好处恐怕是定下“重文抑武”政策的宋太祖赵匡胤始料未及的。

在山与出山

诸葛亮出山之前，过的日子虽然有些清苦，却是逍遥自在的。自行搭建了茅草屋，亲自种田打粮食，闲了便走亲访友，煮茶下棋。其时天下虽乱，荆州倒还平静，老百姓的生活还算过得去。诸葛亮的闲适，在刘备的三顾茅庐中尽显无遗。

刘备第一次兴冲冲地赶来拜会诸葛亮，却扑了个空，童子告诉他，先生今早刚走，刘备问何时返回，得到的回答是，“归期亦不定，或三五日，或十数日”，刘备只好惆怅而返。第二次雪中拜访诸葛亮，刘备以为这种天气诸葛亮必然在家，岂知又是空欢喜一场，只见到了诸葛亮的弟弟诸葛均，得知诸葛亮与朋友外出云游去了，问到何处游乐去了，诸葛均说：“或驾小舟游于江湖之中，或访僧道于山岭之上，或寻朋友于村落之间，或乐琴棋于洞府之内，往来莫测，不知去所。”刘备只好又怏怏而归。三顾茅庐时，罗贯中选在生机勃勃的春天，这次刘备终于如愿见到了诸葛亮，其时诸葛亮正高卧不起，刘备耐心而兴奋地等待。诸葛亮醒来时，吟诗一首：“大梦谁先觉，平生我自知。草堂春睡足，窗外日迟迟。”诚意感化之下，诸葛亮终于答应辅佐刘备谋划天下。

可见，诸葛亮生活在隆中还是很悠游的，睡到自然醒，游到尽兴归，喝到痛快止。一出山便面临倾危颓败之势，好不容易天下三分，刘备却撒手尘寰，一副重担全部压在了诸葛亮的身上，他只能鞠躬尽瘁死而后已，报效先帝识人之明，一辈子再也过不了往日的闲适生活了。

诸葛亮牺牲了美好宁静的田园生活，好歹还轰轰烈烈地干了一番大事业，在史册上留下了浓墨重彩的一笔，他若继续在林泉下游荡，后世便不知有诸葛亮这号人物了。虽然伤感于他的一走就是一生，但心下却赞叹他走得无憾。有些人也放弃了快乐平静，毕生劳碌，怔忡不安，却捞了一地鸡毛。倒真不如喝他千升酒，游他万重山，做个清心闲人。

盛名难副

有清一朝，君主虽能力强弱有别，但大都勤于学习躬亲政务。最为人们津津乐道者，当数康雍乾三帝，其执政历时 134 年，基本占了清朝的一半时光，被誉为康乾盛世。当时的经济总量占据全球三分之一，而人口达到三亿，是世界上最大的存在。

然而盛名之下，其实难副。国家整体上看起来很强大，却完全是一种虚假现象。政治上，清朝政府的集权制虽然很高效，但执政者思想保守陈腐，一叶障目不见泰山，只知己不知彼。经济上，产业结构单一，只重视农业手工业，工业几乎空白，资本主义被扼制在萌芽状态。文化上，坚决采取高压政策，大兴文字狱，实行文化迫害，文人们不得不沉于考据整理国故，缺少思想先锋，漫漫长夜竟无开眼者。军事上，部队人数尽管众多，但长期疏于训练，“射箭，箭虚发；驰马，人堕地”。武器还处于冷兵器时代水准，少量的火器也基本腐朽陈旧，将士战斗力极弱。外交上，一直秉持“天朝上邦”意识和传统的自然经济观，不愿推进国际贸易，“不宝远物，则远人格”，但只“怀柔遐方、加惠四夷”，从来认为自己是世界的中心，不愿哪怕稍稍走出一步。英国特使马戛尔尼见完乾隆，察看清朝国情后，得出结论:“它的繁荣已经结束……在这里可以轻而易举地登陆。”

所谓的康乾盛世，埋下了无数的隐患，让康乾的子孙们和大清国的子民们饱受苦难和屈辱。嘉庆以降，帝王们不可谓不努力，然而却弥补不了目光的短视、思想的贫乏，衰亡便不可避免。

贤人治政

古人认为，治国理政乃上天赋予的职责，若大贤在位，天下大治，上天必降祥瑞；若小人当道，民怨沸腾，则上天必降灾殃。此说虽然有些迷信色彩，但也常给当政者带来警示，告诫他们不可过分暴虐淫逸。事实上，一个国家或一个地方治理得好不好，确能从一些细微的景象中看出端倪，政通人和便百事兴旺，风调雨顺后必五谷丰登。只是古人喜欢将人为与天象挂起钩来，以自然现象的好坏来印证当政者的贤与不肖，甚至以神怪传说强调当政者德行人品的重要性。

《搜神记》中记载了一则很有趣的故事。周文王始得姜子牙，任其为灌坛令。姜子牙只用了一年时间，就将灌坛这个地方治理得井然有序，政畅民顺。鬼神路过，都肃然谨慎。风吹树枝，都是轻拂慢摇，不会发出过激的声音。有一天，周文王梦见一个美貌妇人当道哭泣，惊问其故，那妇人回答道：我本是泰山神之女，今将嫁给东海神为妇，须要路过灌坛，而我经过之处，必有狂风暴雨，但灌坛令姜子牙当道有德，万物和顺，我不忍心闹出动静惊动百姓。周文王梦醒后召姜子牙询问，那天果然有狂风暴雨从灌坛邑外经过。周文王随后即拜姜子牙为大司马。

姜子牙之品德政绩，连神仙都敬畏三分，绕道而行，如此人才，像周文王这样的贤君怎能不重用！今治一域者不下千万，其中是否亦有德行动天地、政绩惊鬼神者？验之以境泰民安百业勃兴，即其人焉。

攻守兼备

孙子曰：“不可胜者，守也；可胜者，攻也。守则不足，攻则有余。”一味地采取守势，胜是永远无望的，能不能守得住，那也要看运气。毕竟守是处于劣势的，而来攻者必有所恃，时间一久，攻者定能找到守者的破绽，一举而攻破。所以最好的守，是以攻为守，在进攻中坚固防守。

历史上几次南北分治，多以长江淮河为天堑，而每每南弱北强，比如南北朝时期、五代时期、南宋时期。南方处于守势，北方处于攻势，南方守得好时，多是以攻为守，攻防结合。通过对北方攻伐的胜利，守住江南的固有领域。比如东晋淝水之战的大捷，为东晋赢得了很长一段时间的稳定。而南宋虞允文在瓜洲一战的胜利，也让南宋躲过了即时齑粉的厄运。两次战争，虽然南方重守，但都守中有攻，敢于果断出击，如果只是收缩防守，迟早都将溃败。

立本守分

孟子曾盛赞周公："仰而思之，夜以继日；幸而得之，坐以待旦。"勤政如此，周公岂能不名于后世。再者，孔子、孟子这些大贤，无不服膺推崇周公，所以周公虽未称王天下，却得以与尧舜禹汤文武这些圣王齐名。周公虽实握君权，却从不起觊觎之心，存篡取之念，一心辅佐成王，乃至于一沐三握发，一饭三吐哺。其德行政事，确为人臣典范。

通观历史，周公之后，再难见如周公者。王莽篡汉，司马懿窃魏，刘裕灭晋，赵匡胤夺周。巧取豪夺者倒是陈陈相因，屡见不鲜。真正可与周公一比者，诸葛亮是也。其品行勤勉，均似周公。虽有夺政之能，却愿为辅弼，毕生鞠躬尽瘁，死而后已。可惜未能兴复汉业，大功未竟，诚为可惜。否则，足可与周公比肩。

气魄宏大的孟子

孟子认为“五百年必有王者兴，其间必有名世者”。而这个“名世者”非他莫属。至于这个“王者”，他希望会是齐王，然而庸常的齐王如何担当得起五百年继绝兴灭的大任！孟子的失望和挫败从一开始就是注定的。尽管如此，孟子对他自己的王道理论是十分自信的，对他自己的治国能力也是十分自信的。他曾豪气干云地表示：“夫天未欲平治天下，如欲平治天下，当今之世，舍我其谁也。”意思是如果上天要天下太平，当今世界，除了我恐怕没有第二个人可以做到，孟子的气概和信心展露无遗。

孟子推行自己的主张并不含蓄隐喻，也不是偶尔才露峥嵘，而是经常大胆放言，“王如用予，则岂徒齐民安，天下之民举安”。只要用我，不仅可使齐国强大，天下也将太平。这种魄力和气度，已远非儒家文人可定义。可惜，天下并无周武王这样的“王者”，孟子虽有才，却不得时。他所寄望的齐王并非他心目中的明主。即便如此，当他最终离开齐王时，也是“三宿而后出昼”，期待齐王回心转意，派人把他请回去，毕竟他在齐王身上倾注了巨大的心血，总想在他这里打开一个治平天下的突破口，一展绝世才华。遗憾的是，齐王并未悔悟，孟子遂浩然有归志。孟子此后再无施展抱负的舞台，天下则失去了一次海晏河清的机会。惜哉！

学同而能异

孟子说，梓、匠、轮、舆能与人规矩，不能使人巧。同为工匠，绳墨尺寸都一样，方法技巧都一样，造出的车屋器械却有天壤之别，不得不承认有些人确实心灵手巧，而有些人笨手笨脚。天赋是存在而且差距甚大的，三千弟子一起向孔子学道，只有七十二贤人脱颖而出，其中仅十人得到孔子的高度认可，以颜回、子路和子贡最得孔子之心。现在之艺术大学，学生成千上万，最后成为艺术家的，寥寥数人而已。非学之不同，勤之不足，实力有未逮，灵有不及。

从政亦有异禀殊能，在同一地方先后为官，有些人能将其治理得井井有条，政通人和；有些人却将其搅得天翻地覆，民怨沸腾。一样的土地，一样的人民，一样的法度，一样的官吏，而治乱的结果相去十万八千里，此岂非能力之别乎！韩愈获誉于潮州，柳宗元得名于柳州，岂因其文章非凡者？实治政能力超群之故。试想千百年来，潮州刺史柳州太守有多少，而人们独记得韩愈和柳宗元，未有非同寻常的政绩，是难以千载留名的。可惜像他们一样具有治政天赋的人已经很少了，而能像他们一样长留于人们心中的官员就更少了。

超人

读孔子孟子，常叹服于他们的才情智慧，始信人间有超凡脱俗的天才。及读庄子，则疑惑于其是否存在，或者来自仙界外星？就算是个穿越者，至少来自我们的未来，因为自战国到现在，还没有出现比他更加宏阔遥深的人。在他心中，别说国家天下，就算是人间天地，也如尘埃一般。他的视野和思维力抵宇宙，空间上无边无际，时间上绵延不尽。人不过是自然一物，与花草树木虫鱼鸟兽并无二致，人之生死恰如花之荣枯，都是世界的自然现象，无甚特别之处。而亚于生死的名利荣辱，更是不值一提。所以，他追求的境界是“乘天地之正，而御六气之辩，以游无穷”，也就是一种逍遥无所待的状态。

那些“知效一官，行比一乡，德合一君而征一国者”，在庄子看来，与腾跃数仞、翱翔蓬蒿之间的小麻雀没什么区别。即便是做到了“举世而誉之而不加劝，举世而非之而不加沮”的宋荣子，能够“御风而行，泠然善也”的列子，最多算得上是“其翼若垂天之云”“抟扶摇而上者九万里”的鲲鹏。他们都入不了庄子的法眼。庄子主张的是“至人无己，神人无功，圣人无名”，其视野、胸怀、思想境界远超人类，幽深阔远莫测，怎不令人怀疑他是来自未来的穿越者！

大行其道的阴阳五行学派

春秋战国时期，诸子百家争鸣，儒、道、墨、法、农、杂、小说、阴阳等各行其道，上至君主，下至民众，无不受其影响。为了推行自己的政治主张，各派的创始人或代表性人物都曾周游列国，力求说服各国国君接受并推行自己的学说。因为他们久负盛名，学徒众多，常常受到各国国君的优待，甚至拜为上卿，授予高官厚禄，孔子、墨子、孟子等人都曾得到这种礼遇。然而最受各国欢迎的却不是儒、墨、道这几家显学的掌门人，而是阴阳五行学派的集大成者邹衍。

邹衍行至魏国，梁惠王亲自出城迎接，大行宾主之礼；前往燕国，燕昭王亲自为他扫路，专门为他建造宫殿，还要拜他为师；来到赵国，平原君对他恭敬有加，亲自为他擦拭座位上的灰尘。可以说，诸子之中，最受欢迎、最受尊重者莫过于邹衍。邹衍以阴阳解释一切现实现象，以卜巫探索未知事物，特别是创建了“五德终始说”，以金木水火土五行阐述朝代的更替，解释季节的转换。他还建立了明堂制，对君王的饮食起居、礼乐祭祀做出相应的规定。

孔孟之道，以仁义为要，对于君主而言，迂远而阔于事情。而邹衍学说，重视国势王运，切合君主当下之需。所以千百年来，帝王们用儒家思想治国，却用阴阳学说求运，一明一暗，并行不悖。

口服不如心服

让人口服并不是件难事，只要权力够大，财力够厚，武力够强，都可以让人嘴上认输。但要让人心服，外加于其身之物质恐力有未逮，必须有作用于其心之情感智慧。孔子出身并不高贵，却有学生三千，贤弟子七十二，因其学识足以服人。刘备起于村野，足无立锥之地，能臣干将却愿舍命追随，以其德行足以服人。李世民最初实力单薄，政治上处于劣势，最后却为一众文武所爱戴，为其胆略足以服人。闯江湖打江山，没有一群心悦诚服的得力助手，不可能获得成功。有些人好以力征而经营家国，比如项羽，常以武力威压，众诸侯只能忍气吞声，一旦事态有变，纷纷反攻倒算。项羽最后只落得个四面楚歌、自刎乌江的下场。可见创事业，赢天下，令人口服只能维系一时，让人心服才能行稳致远。

修身篇

今日进一分德，便算积了一升谷；
明日修一分业，又算余了一文钱。

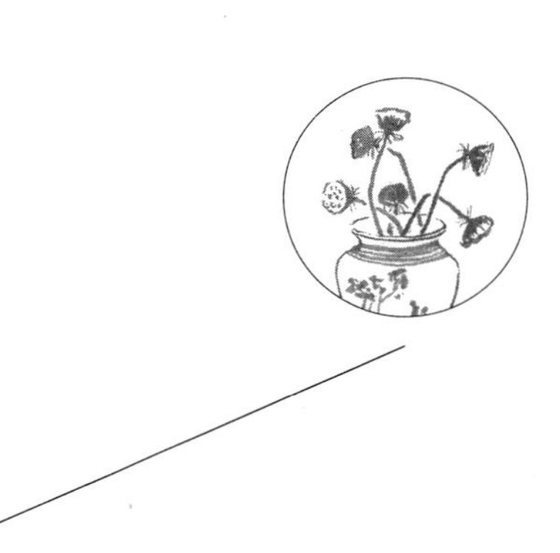

修身理念

进德修业

曾国藩以为，读书人只有进德和修业两事靠得住，因为自己能做主，“得尺则我之尺也，得寸则我之寸也”。收获不管大小，都落入自己的囊中。“今日进一分德，便算积了一升谷；明日修一分业，又算余了一文钱。德业并增，则家私日起。”德业之修，恰如钱粮之储，日积月累就富甲一方，殷实强盛了。这些都是自己可以掌握有否、快慢和多少的，跟他人诸事无关。“至于功名富贵，悉由命定，丝毫不能自主。”那就尽其在我，听其在天，不必妄想执着，耿耿于心了。宦海沉浮之人，当然明白功名不可强求之理，曾国藩有此识见，并不高人一等。只是他不论顺境逆境，时局好坏，始终坚持进德修业，做自己力所能及的事情，一点一点积攒道德、学问、财富，自造了巨大的精神力量。正如水滴积溪河，溪河入江湖，江湖汇海洋，涓涓细流，终成汪洋大海。从某种程度上讲，曾国藩是自我成就的超人，而非时势造就的英雄。

治心

欲成大事者，必先治其心。人心易动，常随世事变幻。朝三暮四，精力涣散，自然难以事谐。故所有功成的前提和基础，就是此心如如不动。于心而言，无非两大影响因素：一是干扰，二是诱惑。前者以恶劣面目呈现，后者以美好形态示人。其目的一致，就是移人心性。干扰要么以贫穷，要么以疾病，时或以诬陷，时或以颠仆，总之是要让人心烦意乱，忐忑不安。一天到晚与各种干扰破坏作斗争，心神不宁，情绪焦虑，许多人便在这种烦躁郁闷中消磨沉沦了。

诱惑来自美酒美食美景美人，金玉玩好香车宝马，鲜花掌声浮名虚誉。对于恶劣的干扰，自然而然会生起抵抗之心，只是大多数人抵挡不住而已。而对于美好的诱惑，大多数人根本连抵抗的篱笆都来不及竖起来，就不由自主地举手投降了。一部分人挣扎着将门窗关闭了一半，便无论如何也继续不下去了。诱惑的力量比干扰的力量更强大更多元，无物不穿透，无处不渗透。不少人对于干扰打击还不是那么害怕，咬咬牙就挺过去了，但对层出不穷、花样百出的诱惑，往往无力或者无法抵制。随世沉浮也就是当然的结局了。

抗住干扰，抵住诱惑，安住心神，就成功了一大半，剩下就是勤奋和坚持了。虽然治力也不容易，但比起治心，就简单得多了。

境界不同

饮食男女，皆有七情六欲，本质上并无多大区别。只是有人生性飞扬，有人从来寡味；有人以痛饮为快，有人以清淡为甘；有人好四海为家地漂泊，有人喜独居方寸地枯坐。狂放不羁的接舆与汲汲入世的孔子，坐怀不乱的柳下惠与风流缠绵的李商隐，唯谨唯慎的诸葛亮与大开大合的李太白，风格上并无好坏对错之分。耿耿于禀赋上的异同，毫无意义。

高下可判者在于境界。老子“夫唯不争，故无忧”的领悟，孔子“知其不可为而为之”的勇气，孟子“舍我其谁也”的信心，庄子“乘天地之正，而御六气之辩”的逍遥，皆为无上境界，难以企及。据一位而意乱神迷，下一城而旁若无人，成一事而沾沾自喜，皆学鸠蟪蛄之类，不足为训。

人的境界各有不同，比较便知分晓。只是衡量起来，千万不可将先天的秉性作为标的，而要将后天的学养作为重点。

先利其器

子曰：“工欲善其事，必先利其器。”无疑，几乎每个人都想善其事，却没几个人先去利其器，而是取机巧，走捷径，求速达。利器是件长期劳累的事，是件无比枯燥的事，也是件寂寞孤独的事，所以需要强其身，息其交，静其心。反复琢磨，精细铸造，才有可能成就利器。

现代人多心浮气躁，急于求成。今天种下种子，恨不能明天就能收割；今天放养鱼苗，恨不能明天就能捕捞；今天进入校园，恨不能明天就能成才。结果自然是鲜能成事，失向所望。而那些不忮不求，不急不躁，几十年如一日，倾毕生于一域的利其器者，最终是必能善其事的。

随心乘性

心情常有陡起陡落之变，兴致亦有旋起旋灭之移。所以情起则缘情而思，兴起则乘兴而往。俯仰之间，也许便要心情黯然，兴致索然，向之浪漫与勃发，莫名地荡然无存。晋王子猷雪夜无眠，忽忆友戴安道，即乘舟夜访，经宿而至，却造门不前而返。时人怪之，王子猷淡然为其释疑："吾本乘兴而行，兴尽而返，何必见戴？"《世说新语》饶有兴味地记载了这一故事，以为魏晋风流而激赏。有人读后不以为然，觉得王子猷故作姿态，自命风流，不过闲来无事，找个新鲜方式博取雅名罢了。

其实，我们每个人都曾经历这种转瞬之间心情兴致的起落萌灭，有时连自己都要讶异于其转换之快。愁或因薄雾而起，或因明月而消；兴或因清秋而发，或因暮雨而止。故心血来潮，不妨轰轰烈烈地进行；热情熄灭，就斩钉截铁地收场。随心乘兴，任情任性，这是自由畅达的另外一种定义。说走就走的旅行，说散就散的情谊，说弃就弃的名利，如此等等，还有什么拿不起放不下。

各得其乐

每个人都有自己的赏心乐事，也许你觉得不值一哂，别人可是乐在其中，快然自足。汉末孔融，认为人生最大的乐事就是“座上客常满，樽中酒不空”，图的是人多热闹，要的是微醺感觉。王维却厌烦喧闹，只好清净。他喜欢“独坐幽篁里，弹琴复长啸”，最好是“深林人不知，明月来相照”。独自一人，寄居天地山野，再好不过。关汉卿更是特立独行，乐于做个“普天下郎君领袖，盖世界浪子班头”，不好做官经商，一心只往烟花路上走，写曲唱戏，觉得没有比这更美的事了。

喜乐有别，古今皆同。有人官升一级便要欣喜若狂，有人买卖顺利便要眉开眼笑，有人得读佳作如饮纯醪，有人得赏好画如观美女。有人追求物质享受，有人讲究精神慰藉。有时只需白云一朵或者微风一缕，便会心情怡然；有时即使日进斗金或者求贵即贵，也未必心花怒放。找到那些能使自己展眉开心的事，周而复始地做，持之以恒地做，就叫人生值得。

君子如兰

性雅者，好置花于室内户外，以增芬芳。兰花多为首选，因其秀美贵重故也。每见兰花长于泥土，人们常误以为其非大地不能孕育。其实，更多品种的兰花并不能存活于地面，却能飞扬地寄居于树表，靠着光合作用滋养自身，实现真正意义上的自给自足。枝干只是它接触空气、拥抱阳光的平台，而非它与树木争夺养分的战场。故树既茂盛，郁郁葱葱；花亦灿烂，芳香袭人。各展其美，相得益彰。兰被誉为花中君子，或与自芳品性有关？

因兰而有感于人。常见人攀爬大树，以为进身之阶，无非借树以汲取养分，壮大自身。只要自己繁茂，树的死活完全不顾。结果是人在节节攀升，树在棵棵枯萎。人中

抑或有君子如兰，立于树表，不过是以之为平台，取得阳光和空气，茁壮成长于高空之中。根本无须与树争锋，而仅凭一己之能，一展绝世风姿。

倜傥非常

凡心中有大理想者，必能忍常人不可忍之屈辱，持常人不可持之恒心。寄身于俗世，而灵魂别有洞天。西汉之司马迁，即其人焉。他志不在当代之务，而在千载之功。不幸的是，在他潜心写作《史记》的第六年，因为替并未深交却心存敬意的李陵将军仗义执言，引火烧身，汉武帝大为震怒，将司马迁下狱并处以极刑。

好在汉朝法律允许犯人以金银财货赎身，减轻罪行，司马迁才有一线生机。然而，司马迁家境清贫，拿不出许多的钱财买命，正如他在《报任安书》中所言：“家贫，货赂不足以自赎，交游莫救，左右亲近不为一言。身非木石，独与法吏为伍，深幽囹圄之中，谁可告愬者！”家中无余财，朋友又不肯相助，还得面对狱吏的呵斥羞辱，可想而知，他当时是多么绝望和悲愤。他想一死了之，但花了半生时间准备的史学大业尚未完成，他的“欲以究天人之际，通古今之变，成一家之言”的襟抱尚未得到施展，死了就前功尽弃了。最后他忍辱负重，选择了宫刑。作为一个普通人都无法接受这种耻辱，更何况一个志在千载之功的大丈夫。司马迁虽然身心受到了无情的摧残，但他“从俗浮沉，与时俯仰，以通其狂惑”，表面上他从众从俗，暗中却更加专注于自己的大业。六年之后，他终于完成了皇皇巨著《史记》，不仅给后人留下了伟大的著作，也留下了不朽的精神。

一个人的志向有多远大，韧性和耐力就有多强大。司马迁正是因为心中的远志，才战胜了一切来自外界的拂乱和内心的魔咒。“古者富贵而名摩灭，不可胜记，唯倜傥非常之人称焉。”司马迁便是那倜傥非常之人。

功成于无意

金庸小说《侠客行》虽然不似他的其他武侠小说那么气势庞大，惊心动魄，但设计颇为巧妙，逻辑更为合理，对于人性的揭示也更加直接辛辣。

海外隐约存在一个侠客岛，有一对使者经常出没江湖，代表侠客岛送达赏善罚恶令，这二人武艺高强，江湖中无人能敌，各种犯下恶行的武林败类，都会接到他们的罚恶令，被无情铲除消灭。而并无污点的各大门派掌门人也会接到赏善令，被邀请到传说中的侠客岛喝腊八粥，从此一去不复返。无论强盗侠客，恶声好名，似乎都无法幸免。这就给江湖笼罩了一层恐怖的迷雾，也给人心人性带来了矛盾和冲突。一方面，有雄心或野心者都想当上一派掌门人，欲有为于江湖；另一方面，他们又害怕接到侠客岛的赏善罚恶令，不死也要消失。这就是一种痛苦的考验了，很多丑恶的嘴脸和卑鄙手段就此显现。有人强迫他人做傀儡掌门以代其受死，有人图谋篡逆又不敢身居掌门之位。那种挥之不去的恐惧和梦魇，让整个江湖的善恶势力屡次结盟，对抗侠客岛，却又屡屡失败。在血雨腥风、尔虞我诈的江湖中，只有身份不明、沦为乞丐的“狗杂种”，以善良的秉性和敦厚之心，最后获得了无数奇遇，练就了绝世神功，解救了江湖浩劫。正是：嗜欲浅者天机深。

定力

我们称许一个人定力好，一般都是认为其在危急关头、剧变时刻能毫不慌乱从容应对，就像汹涌波涛中的定海神针，恰如飘摇风雨中的坚固磐石，镇得住场面，稳得住人心。在谈笑风生中，于不露声色下，化险为夷，转危为机。诸葛亮唱空城计，便是一出体现定力的生死考验，面对即将到来的司马懿十万大军，只有几千老弱士兵的诸葛亮虽然惊惧，却并不慌张，只挟琴一张，带童子二人，于城墙之上悠然奏乐，终使司马懿信而生疑，疑而

生惧，最后引军退却。诸葛亮的强大定力就在于，视千军万马如无物，履绝地险境若平地。

其实，定力好也表现在志得意满时不轻狂，于权势滔天时不张扬。站在舞台面对如潮的掌声时微笑如常，脱颖于商界身价亿万仍穿着如常，学富五车腹有万卷诗书亦纵论如常。当所有的人事顺心，当一切的好运降临，依然是从前那个我，表面平静恬然，内心波平如镜，并不因境遇的绝好而飘然放飞，乃至不知谁为我，我是谁。

事实上，定于逆者多，而定于顺者少；定于败者多，而定于成者少。在急难时稳住心神固然很难，而在高光时退步抽身更为不易。

据情行止

一直以来，伯夷、伊尹和孔子都被视为圣人，但孟子认为三人还是颇有不同的。伯夷是“非其君不事，非其民不使；治则进，乱则退”，符合自己的要求才有所作为，否则就毫不犹豫地退隐，原则坚定，态度决绝。伊尹是“何事非君，何事非民；治亦进，乱亦进”，不管条件是否允许，都要下定决心迎难而上，不达目的，誓不罢休。孔子是“可以仕则仕，可以止则止，可以久则久，可以速则速”，根据实际情形因时因地制宜，并不预先设计目标框架，顺势而为，行止不定。

伯夷不食周粟而死，保持了高洁形象。伊尹辅佐商汤，建立了不朽功勋。孔子不能推行仁政，却开创了儒学大业。三人可谓立德立功立言的典范，是以得到后人的无比尊崇。而孟子更重孔子，以为“自有生民以来，未有孔子也”。说明孟子更为欣赏孔子那种“可行则行，当止则止”的人生态度。

确实，一切皆有因缘和合，不可抱有必须或一定的念头，孔子的主张不行于当时，却盛行于后世，亦运命使然。圣人尚且行止难定，何况我等凡夫，且“从流飘荡，任意西东”吧。

不生机巧心

《庄子·天地》载，子贡过汉阴，见一老丈在浇灌菜园，明明可以用木制机械汲水入园，他却偏偏一罐一罐地打水浇地，不但花力气，而且效率低。子贡疑惑不解，不免要问个究竟。那老丈笑答道：“有机械者必有机事，有机事者必有机心。”意思是机械用多了，凡事必然会投机取巧，长此以往，必然会生出机巧之心。心生机巧，便心性不定，心性不定，离道就越来越远了。老丈不是不知道用机械的便捷之处，只是不愿因此影响初心，徒增修道的难处。

其实，保持本心关键是看定力，定力不足时，当然要警防一切俗念恶行的浸染；定力足够时，哪怕立于万丈红尘，亦可一尘不染。岂会忧虑使用机械科技，滋生机巧之心，而有碍修道之行。只要心定神稳，万物皆可为用而丝毫无损于道。

无暇观景

儒家思想发轫于孔子，孟子将其发扬光大，真正集大成者却是董仲舒。他继承孔孟思想，杂以阴阳五行说，兼取法、道、墨之精华，提出了天人感应、君权神授、三纲五常等理念，形成了一套全面系统的神学理论体系。得到了汉武帝的高度认可，他决定“罢黜百家，独尊儒术”。自此，儒家思想成为两千多年的官方哲学和治政理论，时至今日，其中许多核心观念诸如“以人为本”“以德治国”等依然得到弘扬和践行。

董仲舒出身于书香家庭，自小便发奋读书，几十年如一日地坚持学习和思考，经常废寝忘食，足不出户。他的父亲很担心他的身体，经常劝他劳逸结合，甚至在他的书房边专门建造了一个花园，以供他散心休息。董仲舒却三年未曾到园中一观，其用心之专、用力之深，时人无出其右。功夫不负有心人，渐渐地，他学通五经，义兼百家，而且能言善辩，文章锦绣。东汉王充曾赞他：“董仲舒者，文之乌获也。对他推崇备至。”董仲舒不仅学问深厚，见闻广博，而且“言中规，行中伦”，“进退容止，非礼不行”，是道德文章的典范，一时天下志士皆欲投其门下，前来拜师者络绎不绝。上得天子奖掖，下被士子尊崇，董仲舒一生可谓荣耀。

董仲舒成为思想大家丝毫不令人讶异，毕竟能做到三年不窥园者，绝非凡夫俗子。身边的诱惑尚且不为所动，远处的名利又岂能移心。每日的坚守都会平添一份功力，长期的坚持将啸聚成一股无坚不摧的力量，穿墙破壁，排山倒海。以此图功，何功不克！

虎父犬子

许多大人物以毕生学仕勤营谨慎自律，获盛名于当代来世，却往往毁清誉于不肖子孙。明朝杨士奇才能卓荦，通达国体，历经四朝，保身济主，是明朝中期罕见的重臣名宿，深获明仁宗、明英宗等帝王信任。

然而，仕途畅顺、明达了然如此的人物，却在儿子的培养方面栽了跟头。明李贤有文《士奇泥爱》专记其事：杨士奇身居高位，权重一时，他的儿子却借此作恶多端、暴横跋扈。然而，当别人告知杨士奇时，他从不相信；他人对其子稍有溢美者，则深信不疑，油然心喜。这也导致其子由早期的败德为恶，发展成后期的杀人犯法。人命关天，朝廷无奈之下，将之付诸有司。因为考虑到杨士奇已风烛残年，怕他经受不住打击，朝廷特意拖延判罚，杨士奇去世后，朝廷才将其子依法论斩，可见皇帝对杨士奇是十分尊崇敬重的。

杨士奇磊落大度，广有文名，又有大功于朝，本是一生圆满，儒林楷模，奈何污名于溺子，败声于护犊。察历史当今，像杨士奇一样被豚犬般的子孙拖累者，实在不在少数。

处世智慧

胸胆开张

人生于世，有时需要胸胆开张，气接古今，神通万里，不设置任何思想藩篱，心中不存丝毫滞碍，在气势上要磅礴壮观，在境界上要开阔宏远。有时则需要闭目塞听，建立观念堤坝，竖起自我屏障，将那些嘈杂之音无情地屏蔽过滤，即使其中不乏嘹亮之声。如此则心无旁骛，思无杂念，一心一意、从从容容地朝着想去的地方而去。

开张，是以开放的态度接纳世界，以敏锐的触角感受万物；闭塞，是以安静的方式审视内心，以特有的风格思虑人生。我们生活在人山人海之中，最容易也最可能随流而去，与众起伏。一会儿觉得此处甚好，转瞬觉得彼处更佳，思无边际，脚不着地，岁月匆匆而过，只有容颜易衰，其他一概如故。所以，要敢于和善于挣脱人群裹挟，把持开张闭合、起止停行的节奏，在辽阔的天空下形单影只地游走，才能活得放纵不羁，毫无挂碍。

学而优可不必仕

曾国藩在京城为官，对老家的几个弟弟时常书信教诲，课以学业。但并非如迷于宦途者，一心寄望诸弟能脱颖会试，喜登龙门，而是另有期待："吾所望于诸弟者，不在科名之有无，第一则孝悌为端，其次则文章不朽。"仁孝是做人的本分，自是头等大事。而读书，在曾国藩看来，"当务其大者远者"，"毋徒汲汲于进学也"。读书的终极目的是要立言，要不朽，所以要能作经典文章流传后世，而不是为了应付考试写些所谓实用型的八股文。他认为，一个人的学问足够渊博的话，威望名分一定会胜过等闲的举人进士，所以扎实读书涵养自身尤为重要。

在"学而优则仕"理念盛行的时代，曾国藩强调专做学问也是一条上佳的人生途径的观点，确乎具有前瞻性和超常性，时至今日依然光彩夺目。

盈亏论

曾国藩在京城为官时，曾给湖南老家寄银一千两，用于清除家中宿债，并部分馈赠亲族。但由于有其他未能意料之开支，致使银两不足，如全部还清债务，则无馈赠之银；若馈赠亲族，则债务一时难以清除。而曾国藩建议家里依然按原计划进行馈赠，稍留债务以待后还。理由有二：一方面是家运太盛，好处占尽，恐将盈及生亏，留有部分债务，美中略有不足，运程有蒸蒸日上之势；另一方面，家族中的老人随时有可能去世，不及时馈赠，他们便享用不及，债务可慢慢还清，而时光是不等人的，待到人逝，则后悔莫及。曾国藩的盈亏之论深合儒家中庸之道，谨慎如此，其为官为人自然决不逾矩，鲜有过激言行，所以出将入相亦在常理之中。而对亲族长情荫护，也必然博得大家的一致爱戴，后来湘军愿为之效力赴死，或与之有深切关联。

常怀归心

曾国藩虽身在庙堂，却常怀归心，始终保持清醒头脑，并未迷于仕途。他通研历史，深知“处大位大权而兼享大名，自古曾有几人能善其末路者？”，故能“盛时常作衰时想，上场当念下场时”。他所冀望的境界是“花未全开月未圆”，既处于蒸蒸日上状态，又没有到达巅峰顶点，永远都有上升空间。所以，无论做官做事，他都不求完美，官缓慢上升为好，不以名浮于实；事逐步完成为佳，不以赏浮于劳。升迁时德位相配，获利时心中无愧。总之是要当得起奖，受得起福。然而，官到一品，已升无可升；功至灭国，已立无可立。所以，平定天下大乱后，曾国藩的官阶声名到达了极点，反而让他寝食难安。幸而他一直都有减权轻力的想法，有意削减湘军，扶植李鸿章及其淮军，虚己之位，不结朋党，加上素来谦逊廉洁，才学兼备，所以并未引来多少猜忌和攻击，基本上按照他预计的那样：晚节渐渐收场。曾国藩以一生的谦恭谨慎，才得放之酣畅，收之圆满。人生欲尽展襟抱何其不易也！

以德报德，以直报怨

以德报怨之说来自《论语》，流传日久，后人以为这是孔子的主张，因为只有他这种圣人才能做到并提倡以德报怨。其实，孔子是反对以德报怨的。有人曾问他，以德报怨如何？孔子回答说，以德报怨，那以什么报德呢？人家对你怨恨，你报之以恩德；人家对你有恩德，你还是报之以恩德，岂不是恩怨不明，好歹不分！这不是一个正直而有原则的人的基本态度，正确的处理方式应该是：以直报怨，以德报德。别人对我有怨恨，我们秉持耿直公正之心即可；别人对我有恩德，自然要回报以恩德。

对一个贪婪多欲、满怀怨恨的人，一味地容忍迁就甚至无偿给予，只会张其贪心扩其欲壑，并不能消弭其怨情恨意，最后可能会助其自焚，甚至反噬己身。而对那些慷慨施恩者，才应馈以恩德，报以琼浆，让善美盛传于人间。

以德报怨不仅无功于名教，而且容易坏规矩，长歪风，是为孔子所不取。将孔子视为以德报怨的首倡者，实在是太冤枉他了。

易于成事

有两种人最易成事：一种是紧跟时代，与时代共舞的人；一种是“不知有汉，无论魏晋”的人。前者始终保持犀利的眼光、活跃的思维、敏捷的身手，发现常人无法发现的契机，做出常人无法做出的判断，付诸常人无法付诸的行动。无论在哪个领域，当仁不让的风云人物大抵都是他们，引领时尚，居于中心，从来不曾落伍，永远活力四射。当他人因模仿而接近，他们一定会迅速切换频道，掀起新的热潮。商界精英便是此类人中的杰出代表。

后者则无顾时代，不分季节，不紧不慢、不慌不忙地专注于某一领域，即使外面锣鼓喧天，也充耳不闻；哪怕世界五彩缤纷，也视而不见。总是被人遗忘，也常常忘却他人，一副冰冷的表情，一腔沸腾的热血。似乎与环境无法相融，却与时代相去不远。看起来事事落于人后，实则一骑绝尘；感觉上处处不合时宜，实则独辟蹊径。学坛泰斗、艺苑仙葩则是此类人中的优秀典范。

盈亏有时

宋蔡襄《十三日吉祥探花》云：“花未全开月未圆，寻花待月思依然。明知花月无情物，若使多情更可怜。”这首带有禅意的诗得到曾国藩的高度认可，特别是“花未全开月未圆”，成了他追求的最高人生境界。《易经》中早已有言：“日中则昃，月满则亏。”所以，自初九到上九，只有九五是最好的位置，既高又未满，所以皇帝叫九五之尊，而不叫九六之尊。到了九六虽然圆满，却再也没有上升空间了。

大部分人都希望自己的人生一帆风顺、处处如愿，最好是什么都达到理想状态，不出一点瑕疵，没有一丝遗憾。其实生活有它的哲理，有顺就有逆，有起就有落，没有永远的巅峰，也没有永远的谷底。强求完美无缺，一定会大失所望。所以，曾国藩在官场得意的时候，如果出现了一些生活上或身体上的小问题，他反而会觉得十分心安，认为此消彼长，阴阳达到了平衡。一旦官运、财运亨通，身体、家庭平顺，各方面都美好圆满的时候，他便会心惊肉跳，更加小心翼翼。正因为他始终保持处于小满状态，所以一生节节攀升。

那些身陷囹圄者、大厦倾覆者，基本都是颓败于志得意满之时；那些常有亏欠、留有遗憾者，反而平安无事。

富有

人之富有体现在四个方面，一是体健，二是学富，三是时余，四是财厚。四者兼具，是为圆满，放眼四海，鲜有集于一身者。体健者多不自珍。天生一副好体魄，很难体会虚弱者之痛苦，更不会视其为富有而意足，待到失却，方悟最宝贵者乃健康。世之学富者甚鲜，因学之所积缓慢。合抱之木，生于毫末；九层之台，起于垒土。学富，是要靠一点点累积起来的，人皆有急功近利思想，终其一生，或许学不盈握。时余者最多，正因为有无尽的时间盈余，甚至有难以消磨之憾，所以一旦有所事事、心有所寄，特别是大业初成、方兴未艾，立即觉得时光仓促、光阴似箭，转眼成了时间的拮据者。财厚并不稀奇，却最为众人所好求。但财厚须与其他富有相结合，方显示其力量，如同1后面的0，皮之不存，毛将焉附！体不健，财厚没有意义。学不富，财厚显得肤浅。时不余，财厚虚有其表。故智者必先营其他，再图财厚。

处难如常

曾国藩率军平乱之时，其母亡故。他是个至孝之人，立即启程返乡处理后事，同时通知北京眷属举家南迁奔丧。

对于在京的账务人情、未竟之事以及行程安排，他在给儿子曾纪泽的信中逐条列举，事无巨细，无不清楚可行。在京的丧事讣告由谁主持，何人可作援引依托，通知到什么范围。家具、书籍、字画、杂物，何物该弃，何物该送，何物该卖，何物该携。南归水陆交通路线，该租用的大轿套车，适应天气变化的衣物，所经地方可靠的迎送护卫朋友。简直就是一本行动指南，只要照单实施，便可不费任何思量。可见曾国藩心思之缜密，行事之细致。

更有甚者，对于欠收台账，曾国藩不仅分毫明晰，且处置特别。经估算，此番自京城举家回湘奔丧，所需费用约为五百金，向之储蓄加上丧事礼金肯定不足此数，短缺银两，曾国藩嘱咐儿子向在京的世伯、年伯筹集借贷。而此时别人欠曾国藩的银钱高达千金之数，曾国藩告诫儿子千万不可索要，即使人家还钱也要退回，一者欠债者皆是好友，再者欠债者皆是清苦之人。当时在京城为官的外地士子，大都位卑无权，生活拮据。彼此拆借银两是常有的事，曾国藩是过来人，知道借债者的难处，尽管自家南迁经费也捉襟见肘，但仍不愿问债于更窘迫者。换了常人，恐怕早就借机开口索还了。

一个人自处不佳境遇，还时时为更落魄者设身处地着想，仁善大度如此而无福报者，未之有也。

凡人

承认自己是个凡人实在不是一件容易的事，这需要足够的勇气。李白说的“天生我才必有用”，不知道误了多少人，一千多年来，认为自己和李白一样是个人才的人成千上万，到头来湮没无闻，史书上不曾留下痕迹。龚自珍认为“江山代有才人出”，无数人暗自揣度，自己也许就是龚先生所谓的才人，当然要独领风骚身率时尚，结果还是跟在别人后面讨生活求生存，才人不敢奢望，不过是个人罢了。

无数凡人之所以起了非分之想，是因为当今时代，成名成家的概率大为增加。一波革新的浪潮打来，便出现了一批弄潮儿，一次成功的炒作完成，便造就了一批平民英雄。在一个人人都有可能脱颖而出的年代，谁又会觉得自己平凡得像一滴水、一粒沙！不是栋梁，定是那基石，不是百年一遇，最少也是五十年罕见。可惜生活是无情的，结局是残酷的，岁月就像试金石，在它面前，沙子永远无法变成金。时间就像过滤纸，黑白永远无法成红黄。最好的办法就是，敢于承认自己是个凡人，然后心安理得地安享平凡生活。

先苦后甜

《晋书·文苑·顾恺之传》载：“恺之每食甘蔗，恒自尾至本。人或怪之，云：‘渐入佳境。’”吃甘蔗，有人喜欢从尾吃到头，味道越来越甜；有人喜欢从头吃到尾，虽然味道转淡转苦，却自慰每口都是剩下中最甜者。过日子也是如此，有人喜欢先苦后甜，努力拼搏再行享受；有人却喜欢先行享受，再去苦斗，恐时不我与也。确实，从尾到头，甘蔗吃了一半，若有变故，最好的一段或许享用不了，必心有不甘。从头到尾咀嚼，何时中断皆不甚惜，因为最好的一段已享用完毕。拼搏半生，所积丰厚，也许来不及坐享，不幸先于明天而来，只能徒唤命蹇。今日积今

日毕，家中无余财，即便明日上战场，也了无遗憾。西方国家中，持此态度者较多，所以他们喜欢透支钱财提前享受。而于我们，先苦后甜、积而后享的观念自古至今，代代相传。省吃俭用，略有盈余，一定要为明天做储备，且将佳肴美物留待日后，决计不肯挥霍一空或者取精遗粗。心中所忖意中所足者，顾恺之所云渐入佳境也。

智慧越用越多

大凡钱财资源，总有消耗殆尽之时。而精神智慧，却从来用之不竭。曾国藩曾劝其弟说："精神愈用而愈出，不可因身体素弱过于保惜；智慧愈苦而愈明，不可因境遇偶拂遽尔摧沮。"他认为，精神会越用越富有，而不是越藏越强盛；智慧要在困境中磨砺，才会越来越多。生活中我们常见一些人，最初并无超常特质，也无惊人言行，甚至只是个吴下阿蒙，但遇事从不惜力，遭困不惮麻烦，兵来将挡水来土掩，习惯于迎难而上，纷披俗务，慢慢地精神渐旺，智慧生焉，超常人而逾强者，蔚然深秀，高耸挺拔。令向之同行故人刮目相看，啧啧赞叹。而一些本来颇具不凡资质的聪明人，总是习惯避难就易，绕事而走，于安稳时保精神，寻便巧处要聪明，倒是养尊处优满足己志了，却丢了精神头，迷了智慧性，终将一事无成，徒然欣羡那些不惜精神不惧困顿者成就不朽功业。

谦勤之风

曾国藩平生最重“谦勤”，而最恶“骄惰”。平素教育子侄家人，屡屡以此发凡。他说：“凡动口动笔，厌人之俗，嫌人之鄙，议人之短，发人之覆，皆骄也。”曾国藩以文人建湘军，与太平天国军对峙决战，屡官迁至两江总督，却一直保持节俭谦勤的良好品格，但其家人却渐染骄奢怠惰之习。曾国藩遂常以家书相劝勉，力倡谦勤之风。他认为，“欲去骄字，总以不轻非笑人为第一义；欲去惰字，总以不晏起为第一义。”只要不去取笑非议别人，骄傲之气自然就消隐了。而坚持早起，一以贯之，懒惰的毛病肯定难以附身。他甚至看一个人有没有出息，会以是否睡懒觉为重要判断标准。虽然有些古板，却也不乏道理。他的弟弟带兵作战时曾以早起为难，被他好好地教育了一番。最为难能可贵的是，曾国藩教育家人的所有要义，都是在自己严格遵循示范的前提下提出的。身处显位，尚能如此自律，不由得人不由衷敬佩。

近则不逊，远则怨

孔子说：“唯女子与小人为难养也，近之则不逊，远之则怨。”其实普通人大致都如此。对之亲切和蔼，久而久之便要蹬鼻子上脸，毫无顾忌地浅薄放肆，即使你严肃认真，哪怕事情危如累卵，他们依然不以为意。若是对其敬而远之，他们便要怨气满怀，切齿痛恨，找到机会就造谣中伤，暗中使绊。常有身端影正者，自认为与人并无争名之心，更无取利之意，应该不至于得罪他人，引来是非。岂知人心微妙，离他们近了，百般狎昵羞辱；离他们远了，诸多讥讽嫉妒，所以无论远近，都易引起他们不快，只要你是个分明的存在。有人秉持“夫唯不争，故无尤”的态度，以为长可与人相安无事。然而，靠近引祸远离亦得咎，有时还真与名利无关，你认真的样子、高洁的姿态有时候一样置你于危险境地。

不为与有为

孟子曰:“君子有所为有所不为，知其可为而为之，知其不可为而不为，是谓君子为与不为之道也！”丈夫生于世，当有所作为。这是孟子为与不为之道的前提。然而，每个人都有自己能为和不能为之事，不能为而硬为，当然不会达到预期目标。最好选择自己能为的事情努力为之，才会卓见成效。所以，一个人要有清晰的自我判断力，明白什么是自己的长处，什么是自己的短板，然后扬长避短，鼎力而为，则大事可期。

当然，一个欲有所作为者，所擅绝非一端，所成绝非一域。在明了自己哪些可为哪些不可为之后，选择一个准确的定位便尤其重要。孟子曰:“人有不为也，而后可以有为。”想要大成，首先必须懂得放弃。毕竟，人生百年，不可能将能为之事尽皆为绝，那样反而会无一大成。选定一域，尽弃其余，一门深入，三年五年，十载二十载，不为世非而易其向，不为人轻而移其心。一切皆不为之后，终将有大为。

搁置是为了更好地解决

正如国与国之间的矛盾争端有时需要暂时搁置，我们在生活中碰到的一些当时解决不了的问题也要搁置起来，否则，冲突激化，国与国之间就会发生战争，而我们自身也会内心腾起激烈的对抗。前者的结果可能政息国灭，后者的结果可能疾病缠身。

人的一生，一定会遭遇无数的困扰，形成人生路上的一道道沟坎，越过障碍不仅需要力量，更需要勇气和智慧。缺乏力量的时候，一味前冲，要么就是掉进沟里，要么就是蹶于坎前。必须暂时停顿，积蓄力量，然后一鼓作气实现跨越。缺乏勇气的时候，步伐无法向前迈进，无疑需要稍作停留，不断强大内心，直到鼓足勇气一战而定。缺乏智慧的时候，即使浑身力量，勇气超常，一样无法突围，要在不辍的学习思考中，逐渐培育智慧，想千方试百计，最终必然畅通无阻。

伴随岁月，问题是不断生成的，人生其实是在解决问题中不断成熟的，只是很多问题的处理不是一蹴而就的，需要时间耐心地努力。有时，搁置正是为了等待更好的时机，寻找更好的办法，更加稳妥地予以解决。

致敬表演者

任何一个站在舞台上的表演者或演讲者都应得到尊重和致敬，起码他们具有接受成千上万道目光检阅的勇气。站在台下的观众或听众，对台上的人指指点点臧否褒贬，似乎已是天经地义的事情。并没有几人愿意甚至想到换位而思，人们习惯性地认为，既是演员，当然就有义务接受评判；既是观众，当然就有权利进行评价。可是哪个人不是社会舞台上的一个演员呢？谁又能逃避别人的评判呢？你是官员，就要接受群众的评判；你是商人，就要接受用户的评判；你是医生，就要接受患者的评判；你是老师，就要接受学生的评判。歌手的一个偶然跑调、演员的一个偶然失当、演讲者的一个偶然口误，我们就吹毛求疵，求全责备，那轮到我们在自己的舞台上表演失误呢？

责人从来都是轻而易举的，责己便需从严之心了。以责人之心责己，以宽己之心宽人，正如孔子所言：“己所不欲，勿施于人。”对台上的表演者，常抱欣赏之意、鼓励之情，一味地严批峻审，固然会伤及他人，最终也一定会还之自身的。

苦难后的辉煌

苏东坡一生漂泊，在多个地方为官，他有两次被贬谪的经历。一次是因为“乌台诗案”被贬为黄州团练副使；一次则是因为新党执政，被贬至岭南的惠州和天涯的儋州。两次的风险各有不同，前者急，后者缓，都差点丧命。

苏东坡新任湖州知州，按例该给皇帝写谢表，本来以正常公文敷衍就行，结果他写得太有个性，立即遭到了宵小的围攻，表中的创新处便是他们找到的罪证。不唯如此，苏东坡的诗词被他们翻了个遍，找出许多讽刺朝廷和时事之语。于是，苏东坡被下狱一百多天，还是王安石“一言而决”，才将他从轻发落，贬为黄州团练副使，“本州安置”，由当地官员监督。如果不是得益于宋开国之君赵匡胤不杀士大夫政策之庇护，苏东坡早就人头落地了。

新党执政，大力清除旧党，像苏东坡这种不新不旧的人当然也是要遭贬谪的。到了惠州，他还自我安慰“日啖荔枝三百颗，不辞长做岭南人”，结果人家一看，你还挺舒服，那就贬到更为蛮荒的地方吧！于是，苏东坡只能悲摧地前往儋州，他知道，此去必无返回之日。

两次贬谪，千年后的我们，觉得那不过是成就苏东坡的人生阅历。可当时苏东坡的心里到底有多么彷徨绝望，谁都不知道。正是因为苦难和煎熬，苏东坡的诗词才日渐丰满，乃至气度非凡。

贬谪后的成熟

贬谪，几乎是古代为官的必经之路，一生平步青云，只升不降，无论贤佞，都很难做到。有人以为在官场做个阿谀奉承者，做个首鼠两端者，便能保得长久富贵，其实小人得志也只能一时，往往结局很惨。但做个刚直不阿者，做个清廉高洁者，似乎也要遭受打击非议，甚至贬谪羞辱。即使是对文人额外宽松厚待的宋朝，似乎也很少有人为官能只进不退，一帆风顺。

晏殊号称“富贵宰相”，为人低调，仕途算是极为顺畅的，中途亦曾从宰相之位降为地方长官。虽然后来又重新登顶，但从宰相之高位被贬为普通州首，当时的心境恐怕也是忐忑沮丧的。后来的范仲淹、欧阳修，都曾官至副宰相高位，但都一度遭遇过贬谪，从朝廷要员转到地方为官。王安石两度为相，宦海沉浮。苏轼更是被一贬再贬，还差点丢了性命。宋朝尚且如此，其他朝代的官员被贬被斥更是家常便饭。

贬谪，对当事者而言，无疑是件身心煎熬的人生大事，因为谁都不知道，是否还有机会东山再起。对官员们的思想和心理素质绝对是种巨大考验，在逆境中，定有人变得坚强而成熟，成长为真正的政治家。从文化的意义上讲，正是贬谪和打击，成就了诸如柳宗元、苏轼等人的千古盛名。

居高而愈谨

在京城为官者，每每好与家乡州府通联，期望家族得到地方照顾。家人更愿祭起官员旗号，走县串府，干预公事，谋取私利。曾国藩却一直严守德操，从不为之。他在京城翰林供职，虽然官位不高，但居要地，且官势日盛，在京城湘籍官员中威望颇高，影响甚巨。凭此关系，在老家觅些好处，自是不在话下。但观曾国藩家书，足见曾国藩的洁身自好，严谨廉明。他说：“我家既为乡绅，万不可入署说公事，致为官长所鄙薄。即本家有事，情愿吃亏，万不可与人构讼，令官长以为倚势凌人。”又说：“(家中) 有人做官，则待邻里不可不略松，而家用不可不守旧。”任职京城核心部门，不仅自己不到地方耀武扬威，还告诫家人不得介入官府公务，善待乡亲邻里，勤俭朴素持家，自律如此，难怪曾国藩成为官场楷模，道德典范。

致命的短处

汉末的蔡邕，懂经史，通音律，精诗赋，善书法，才华横溢，名动四海，为文人雅士所景仰。连粗俗残暴的董卓都对他礼敬有加，召征他入朝为官，数日之间，屡迁侍御史、尚书、侍中、左中郎将等职，封高阳乡侯，世称“蔡中郎”。后董卓覆亡，蔡邕感其恩遇而出悲声，被司徒王允借故下狱，不久便死于狱中，朝野为之叹惋。其女蔡文姬，亦以才名见知，《胡笳十八拍》流传甚广。

蔡邕是天生的艺术家，禀赋异于常人。汉灵帝时，他曾亡命江海，远迹吴会。一天，当地人以桐木烧火做饭，蔡邕刚好路过，听到烈火燃烧桐木的声音，赞叹道，此良材也！赶紧让人取出桐木，削以为琴，果然声音美妙绝伦，因其尾部烧焦，故名焦尾琴，此琴后来成为中国古代四大名琴之一。

还有一次，蔡邕经过会稽郡的千秋亭。当地盛产毛竹，人们建筑亭台楼阁，好以竹为椽。蔡邕站在千秋亭中抬头仰望，指着亭子东边的第十六根竹椽说，这根竹子真是绝好的乐器材料。他让人将其取了下来，亲自做成竹笛，果然声音嘹亮，异于他笛。

只听声音看形状，蔡邕就知道竹木的材质良莠，说明他对音律十分敏感，有过人的艺术甄别能力。诗赋书法，他一样极富创意，成就斐然。一朝沦为阶下囚，命丧黄泉，可惜了一身的艺术才华。

磨砺

孟子说："故天将降大任于是人也，必先苦其心志，劳其筋骨，饿其体肤，空乏其身，行拂乱其所为，所以动心忍性，曾益其所不能。"要做个与众不同之人，就要经历与众不同之事，具备与众不同之能。要扛得住饿，经得起劳，吃得了苦，这些都算不了什么，不过是身体上的折磨。关键是心性上拂而不乱，思想上迷而不变，精神上击而不垮，这些必须是具有坚强意志的人才能做到的。

然而，英雄并不是生下来就无所畏惧，将军也不是跨上马就战无不胜，都要经历各种挫折和失败，才能在苦难中慢慢成长起来。经历是最好的书本，也是最好的老师。

风霜雪雨磨砺钢筋铁骨，魑魅魍魉催生雄心壮志。所有的苦难都是让我们脱胎换骨的催化剂，都是让我们凤凰涅槃的柴火堆。所以，我们该庆幸而不是埋怨生活给我们重重设伏，处处阻击。正是这些艰难险阻，才让我们视野开阔，身手敏捷。攀登过峭壁，自然不在乎坎坷；濒临过绝地，自然无惧于逆境。在人生这条河流上，一定要有波平如镜之日，更要有惊涛拍岸之时。没有雷电，岂能说明天的高远；没有山海，又岂能说明地的宽广！

人生感悟

情随事迁

作为文人，伤春悲秋其实是种能力，至少说明，他还有充沛的情感，不至于干涸得只剩下虚伪的理性。看到有人遭遇飞来横祸而不惨然叹惋，看到有人经历生离死别而不潸然泪下，看到有人劫后余生而不欢欣雀跃，则人之初的恻隐之心、慈悲之心早已泯灭殆尽。一个连感动都不会的人，灵魂基本也就被功利所锈蚀。所以，千万不要取笑那些迎风流泪的人，千万不要小觑那些纵情歌唱的人，当然，那得是内心情感的真实流露，而不是功成名就后的放浪肆行。

春季里的柔条繁花，秋季里的高天淡云，冬天里的飞雪降霜，都足以让人欣喜；对年迈父母的悉心搀扶，对授业恩师的鞠躬致谢，对陌生人的温暖关怀，都足以让人动情。如果我们对这一切都视而不见，听而不闻，就得叩问内心，是否已丧失了感动的能力。很多人混迹于俗世，早已练就铁心钢胆，对人间悲欢漠然相向，无动于衷，还自诩坚强。一个不能被感动、不再流眼泪的人，有什么资格去取笑一个见花开而喜、见花谢而戚的人呢？

与世不朽

旅行者在饱览大好河山之余，总想在天地间留下自己的名字，妄图不朽。是以无数人非要题字刻名于树木崖石，说明自己到此一游，以示来者。然而树木终将衰朽，岩石也要风化，留于其上的名字自然也会剥落消失。于是，人们利用发达的科技，继续着自己的不朽之梦。只要一到某处，且不看其历史遗迹、人文风貌，将自己往山水中肆意一投放，摆出各种姿态，让或美或丑的身影与名胜景区非有机地合为一体，然后在自媒体上骄傲地宣示：从此与该地结下不解之缘。心中由是满足：不管他人承不承认，我终是到此一游。

真正让自己游历了江山，又留名于世者，是那些诗文高手。读了《岳阳楼记》，当然认可范仲淹当年确曾站在巴陵郡的洞庭湖边。看了《滕王阁序》，谁能否认王勃参加了当年滕王阁上的盛会。李白的《望庐山瀑布》无疑告诉世人，他曾到庐山观赏瀑布。《黄鹤楼》的精彩，说明昔年包括李白在内的一众游客，在登临黄鹤楼时没有谁比崔颢感触更深。他们以诗文而不是以刻名或留影的方式，让自己与江山一起永垂不朽。

今值十一长假，天下熙熙，人们似中子、质子一般活跃，南北东西地位移，他们当中是否亦有人，未来可与山水同不朽？

隔窗观雨

我在竹林掩映的咖啡馆里安座，悠然地聆听舒缓的轻音乐《安抚与放松》，稳住了有些跃动的心神，正如在人山人海中刹住了奔驰的跑车。四周无其他顾客，只有服务员优雅的笑容在空气中荡漾，我开始独自享受这几十平方米的宁静。这是个难得的人生片段，它可以空白无物，但最好韵味无穷。

窗外密雨潺潺，积水无声细流。树木挺直了腰身，畅饮着上天赐予的琼浆玉液。夏意正浓，有蝉声为证，只是不知那蝉隐居于何处。雨帘如消音墙壁，喑哑了机器的轰鸣，也消解了人们心中的烦闷。这雨，怕是下了成千上万年，扑落了渭城飘荡的轻尘，惊醒了李煜客居的清梦，涨满了巴山深处的秋池。在李清照的梧桐树下滴落，在岳飞凭栏远眺处暂歇，在陆游纵马杀伐的梦中倾注。当然也在苏东坡从容的脚步中虚无，在张志和淡然的垂钓中缥缈。而此时此刻，我正近观穿越历史而来的雨，既感且叹，或喜或忧。我想，偌大个城市，是否有人和我一样，坐在某个安静的所在，隔窗观雨，忆昔抚今？

死友

人之相与，相知固难，互信更贵。嫌隙若起，往往事毁于友，情挫于友，甚至命丧于友。真正的知己，是名利不移其性，生死不易其情的。

汉之范汜与张劭，便是生死之交的典范。两人同游太学，成为同学好友，学成各归故里。临别，范汜与张劭约定，两年后去汝南拜访他的父母，看望他的孩子。两人定好了详细日期后，各自道别。两年后的那日，张劭让他的母亲准备好酒席，以款待范汜，他母亲有些疑惑地说："数年之前千里之外随意的一个约定，恐怕人家早就忘记了。"张劭肯定地说，范汜是个可信之人，必不爽约。后来，范汜果然如约而至，两人尽欢而别。

过了几年，张劭得了重病，卧床不起，因为人缘好，有两个朋友早晚都来省视。张劭叹息道："可惜我临终前都不能与最好的朋友见上一面了。"两个朋友听了很沮丧，天天看望照顾张劭，谁知他并不将自己当成最好的朋友。张劭解释说："你们当然是我的挚友，但山阳郡的范汜却是我的生死之交啊！"不久，张劭便病逝了。

一天夜里，范汜忽然梦到张劭在呼唤自己，说在某年某月某日已离世，将于某年某月某日下葬，不知能否见上最后一面。范汜醒来，一边哀伤哭泣，一边穿好丧服，立即出发前往汝南。汝南这边，张劭的灵柩已经运到墓穴，然而众人却怎么都抬不动了，张劭的母亲抚摸着棺木说："孩子，难道你有所期待吗？"于是暂停入葬。不久，只见远处果有白马白车飞驰而来，有人穿着丧服号啕大哭，张劭母亲猜说："这一定是范汜。"范汜一路痛哭赶来，在墓穴边与好友诀别：“行矣元伯！死生异路，永从此辞。”听者无不惨然挥泪。范汜亲自执绋引柩，张劭的灵柩才能移动。范汜又为张劭培坟种树，直到一切后事办完才离去。

范汜与张劭之间，正如张劭所形容，乃“死友”也，可以托孤寄命，毫无保留地信任依靠，这种生死之交，即便是在重然诺的时代，也是罕见而珍贵的。人们总是感叹，人生难得一知己。范汜何处有？历史简册寻！

长寿秘诀

苏轼《司命宫杨道士息轩》诗云：“无事此静坐，一日似两日。若活七十年，便是百四十。”悠然静坐，息心止虑，但觉天地之间，无物碍眼，无事挂怀，此时有岁月深长、时光不动之感。特别是居于山中树下，落花满径，流水潺湲，阳光碎漏于叶间，清辉闪烁于湖面。目光在蝴蝶开合的薄翼上停留，心思在静谧安详的山色中长驻。真不知原来光阴在慢慢挪动，时节在缓缓漂移。天天这样度过，当然一日胜似两日，活上七十岁，可不大赚特赚，恰似过了一百四十年。那些整天忙碌紧张的人，思绪万千，手忙脚乱，未有片刻停留，无意稍作整顿，但见滚滚马头尘，匆匆驹隙影。忽忽百年，碌碌一生。临终回首，似乎并未留下尺绩寸功，片言只语。所以，要活得长久深刻，不在躁而在静，不在张而在翕。

念旧而不怀旧

念旧是可以的，怀旧就大可不必。世事变幻，人情冷易，当你深情回忆往事的时候，也许那些旧朋故友早就忘却了当年境况，你满腔的热血，迎来的多半是漠然相顾或者尴尬一笑。离开了就回不去了，情尽了就续不上了。有些事情是不可逆转的，有些感觉是不可重温的。一路奔跑向前，情景人物都是向后退却的。让你保持亲切熟悉的人，一定是那些与你一起同道奔驰的人，否则都将进入往日篇章，只供回忆时作为路标。很多人，尤其是步入老年阶段的人，或者思想逐渐僵化的人，总是不愿承认时过境迁，幻想着自己回去，人物事件依然保持着原有姿势和温度，结果发现那只是生活中的海市蜃楼，可望而不可即。

所以，既然走了，就大踏步向前，不要回眸凝望，依依不舍。要相信，关于你的元素一抽离，过去已不再是过去。

新年打算

新年的第一天，人们最易浮想联翩。特别是碰到阳光明媚、冷风轻拂的日子，定会兴奋地做个新年打算，因为阳光让人有了暖意和希望，风激起了人的梦幻与畅想。年轻人多半想着如何把事业发展得更好，老年人大都想着如何把健康维系得更佳；忙碌者思量放慢自己的脚步，懒惰者决心加快自己的节奏；暴躁者将耐心寻找控制情绪的办法，迂腐者要努力突破窒碍自身的桎梏；生活差的无论如何要改变现状，家庭富的千方百计要保值增值。为此他们决定严于律己，宽以待人，刻苦学习，勤奋工作，坚持锻炼，享受生活。如此等等，不一而足。耐力好的，坚持一两个月；韧性差的，三五天以后，外甥打灯笼——照旧（舅），日子该咋过还是咋过。我的经验是，不下任何决心，但只一天天坚持，年底清账，远比预计的目标高远得多。

不惑

孟子的学生公孙丑问他："如果齐王加封你为卿相，让你尽情推行自己的政治设想，直至使齐国称王称霸。你是否会情绪激昂、怦然心动呢？"孟子平淡地回答道："我从四十岁开始就不再为任何事心动了。"孔子曾说自己四十而不惑，孟子大抵也是这个意思，到了不惑之年，就真的没有什么足以让心情翻江倒海、漂浮不定了。即使是一生寄望的理想事业、宏伟目标，于此人生的分水岭，也已轻如鸿毛，不足挂齿。这是何等广大的胸怀、何等辽阔的境界！

四十而不惑，这是人人都耳熟能详的一句话。然而并没有几个人到了四十岁就真的不惑了。即使孟子这样的圣贤，在说到自己四十不心动的时候，他的弟子公孙丑也由衷地表示了赞叹。确实，居高位、成大业、得圆满，常人眼中的功成名就，在孟子眼中，也不过是浮云一朵，转眼即散。何为成？何为不成？成又如何？不成又如何？想来孟子内心是不会有任何纠结的，否则他也无法做到"我善养吾浩然之气”。

四十岁于现代人而言，尚属青年，还是理想开花、欲望勃发之际，无人不思搏击长空遨游四海，他们也不惑，只是不惑于名，不惑于利，却决不能不惑于道。话说回来，数千年来，又有几人能如孔孟那般不惑，别说四十，即使终生，也做不到。

越过喧闹

缓慢地穿越闹市，各种亲切的陌生的呼唤、谈笑和纵论，从震耳欲聋到轻声细语到安静寂寥，渐渐隐没于身后。而唧唧虫声、软软鸟语渐起；花开花谢、枝摇叶落声闻。一望无际的田野，连绵起伏的山峦，旷盈视，纡骇瞩。在一片新天地里徜徉，回头一望，不禁莞尔。昔日的闹市依然会嘈杂，见过的人们照常在营生，那些曾经熟悉又逐渐生涩的日子凋谢了，往前，是生机勃勃的桃花源，是曲径通幽的禅定房。无丝竹之乱耳，无案牍之劳形，欣然于日出晨曦、日落晚霞，击节于佳酿醇厚、诗文美妙。难怪李白欢言：“两岸猿声啼不住，轻舟已过万重山。”原来过了三峡，真的是“潮平两岸阔”啊！

欲望的升级

人们之所以愤愤不平，不是因为得到的太少，而是因为没得到的太多。

贫穷时，只要稍有所得，便心满意足；如今富了，反而越来越觉得不如意了。正如知识越贫乏，越觉得自己懂得不少；而知识越渊博，反而觉得自己不懂的太多。贫困时，存活是首要目标，一切皆为稻粱谋，偶得甘饴之物、慰藉之情，便如获至宝，庆幸运命所遇。富裕后，目睹繁华奢侈，知道物藏无尽，深憾不能尽享天下权力财富，当然心中怏怏不乐。

欲望的潘多拉魔盒一旦打开，可以吞噬世界万物，可以毁灭人间至情，从此再也没有求取终了之日、掠夺饱和之时。满足人们的欲求，无异于抱薪救火，最后与其一道焚为灰烬。要从根本上解决问题，需根治其心，去其虚妄，灭其魔性，回归本真，恢复初心。

无动于衷

人无远虑必有近忧，活在万事纷纭的世界，谁心中还没有一点忧惧和牵绊。那些修行于寺观名刹的人，将烦扰的世情阻隔于山川之外，自然可以悟出：若无闲事挂心头，便是人间好季节。为什么说修行在人间，因为人间真实地演绎着千奇百怪的故事情缘，亲身参与和冷眼旁观是截然不同的感受。有些人经不住折磨竟一夜白头，有些人抗住了打压遂闲庭信步。所谓的事，老惦记着就变成了愁，善能消解就化成了烟。就看你身上是否具备这种"转氨酶"，但此物不是纯粹的天然基因，更需后天培育。每天摊到自己身上的事，正是淬炼该物的最佳炉火。在这不熄的炉火上烤着烤着，情感就硬了，心态就熟了，思想就粹了，即使遭遇化情之物、摧心之术、迷魂之法，一样可以做到无动于衷。

归园田居

我希望有朝一日回到乡村，重归往日的无忧生活。当然，我一定要先购置好“方宅十余亩，草屋八九间”。进入我的庭院后，并不是马上就能见到居所，当有“绿竹入幽径，青萝拂行衣”。早晚之时，露珠乱飞。晌午之际，光影斑驳。房前屋后，我会种满花草果树，“榆柳荫后檐，桃李罗堂前”。春到异香扑鼻，秋来硕果累累。

闲坐花下，“远看山有色，近听水无声”；时光静流，“香分宿火薰，茶汲清泉煮”。偶有佳客远来，当然不亦乐乎。“夜雨剪春韭，新炊间黄粱”，自耕自种，自采自烹，必是饭香菜美。“欢言得所憩，美酒聊共挥”，饮酒，只是纯粹的快乐，并不为应酬。

有时我独自沿溪溯行，忘路远近，或抚孤松而盘桓，或临清流而赋诗。待“月出惊山鸟，时鸣深涧中”，我徐徐踏雾而归，天上有繁星闪烁，野外有微风轻拂。在犬吠声中，我即使醉了，也不会挑灯看剑，既然是百战归来，当然要“一饱无馀事，平生万卷书”。“竹影和诗瘦，梅花入梦香”，岂不快哉！

闲适

周末的晌午，于我而言，没有什么比半卧于书房的躺椅上更加恬然的了，手执典籍一卷，目在清晰与模糊之间，心在缥缈与澄澈之间；神忽而凝聚忽而四散，思忽而远古忽而近世。城市是喧嚣还是宁静，我已充耳不闻；人事是变幻还是如故，我已毫不知情。

微风穿林而来，摇叶拂面，令人四体舒泰，我清楚地闻到风中激烈的阳光气息、新鲜的杧果味道。仿佛看到太阳在雨后破空而出，而前几天被台风扫落的杧果灿然开裂。鸟鸣是偶尔且短暂的，正如那难得一闻的犬吠。晌午本就是杂音暂歇的时刻，况是周末。邻居家鸾刀缕切的纷纶之声赫然入耳，平添了几许烟火之气。

今日何日，今时何时，我泯然一无所知；往者不忆，来者不期，我淡然不作遐思。诸葛亮歌曰：“乐躬耕于陇亩兮，吾爱吾庐；聊寄傲于琴书兮，以待天时。”我爱我庐，却并无所待。只愿眠时有梦，醒时无忧。

独自怀旧

怀旧只合独自一人，静坐中庭，于某个无声的下午，或者月光寂冷的夜晚，独酌无相亲，暂伴月将影，然后沉心往事，如痴如醉。切忌与人共忆或向人倾诉，那无异于“白头宫女在，闲坐说玄宗”，尚未开口，便有灰尘扑簌簌抖落。要知道，世界日新月异，人心瞬间今古，没什么人愿意听你讲那些并不惊天地泣鬼神的故事，毕竟起伏在每个人的人生中都有，非某个人独然。而且，如果竖坐标的刻度大一些，绝大多数人的人生抛物线显示不出多大变化，尽管你自己也许觉得涛澜汹涌。

值得一提的是那些传奇人生，如果你确实很想把怀旧做得人尽皆知，首先就要制造异于常人的内容，展开变化万端的情节，让人兴致勃勃，由衷向往。而你无须多言，却境界全出。真正的默契正是：当局者不述，旁观者了然。

真正的快活

于大众心理，理想生活当然是按照计划依次展开，步步坐实，理性而节制，高效而实用。比如而立之年家立业举，不惑之年富厚位尊，知天命之年，功成名就。三年一台阶，五年一飞跃，节节攀升，徐徐登顶。但这种被切割、被安排的人生，虽然圆满，却并无真趣。我希望生活恰如那泛湖之舟，从流漂荡，任意西东。不强求击楫中流逆水而上，亦不期望王命急宣顺风疾驶。但解缆放帆，随舟纵横。两旁或有青山排闼而出，或有远村缓慢退后，或有渔夫渔歌唱晚，或有山人濯足清溪。袅袅兮炊烟，淡淡兮花香，皎皎兮明月，相伴催眠入梦。青梅煮酒，冷泉烹茶。尽日不起一念不思一事，累年不问生计不求闻达。腻了便拂袖而去，倦了必林下高卧。眼帘不入人间沧桑，心中不留世事残影，那时节才称得上是快活如意，人间值得。

漠然情淡

科技的发达极大地稀释了离愁别绪。古人一别，愁肠百结，伤心悲情。饮酒是免不了的，赋诗是最好的情感表达。送者对于别者，要么是珍惜："望君烟水阔，挥手泪沾巾。"要么是安慰："无为在歧路，儿女共沾巾。"要么是鼓励："莫愁前路无知己，天下谁人不识君。"要么是劝解："劝君更尽一杯酒，西出阳关无故人。"朋友之间的情谊，深厚细腻，真切自然，令人向往。

现代人分别，也许还喝酒，大家痛饮一番，欢然一笑，明日各奔东西，惦记的互通个信息，忙了便彼此暂忘。只要想念了，近处驱车数小时可会，远处乘机半日一日即见。再不济，电话、网络视频，随时可知近况，哪像古人数十年甚至一生都不通音信，不谋一面，离别当然隆重且感伤。

处处是曹操

《世说新语》记载了一个关于曹操的有趣故事。有一次，匈奴使者要见曹操，曹操自以为不够威武俊朗，遂让崔琰扮作魏王接见使者，而他则装成替崔琰捉刀的卫士。过后，曹操派人问来使对魏王印象如何，匈奴使者说："魏王固然雅望非常，但他身后的捉刀人更显英雄气概。"曹操闻知后，立即派人追杀来使。曹操心性多疑，常怀忌恨，不会留下任何不利于自己的痕迹和线索。

扮演曹操的崔琰，史载其"声姿高畅，眉目疏朗，须长四尺，甚有威重，朝士瞻望，而太祖亦有敬惮焉"，长得挺拔俊雅，才华名望又冠绝一时，曹操对他虽有三分敬畏，却有十分疑忌，后来找了个理由逼他自杀了。

曹操身边，人才辈出，武将谋士，要为他削平诸侯一统天下，即便有些不妥，他也能宽宏大量，不以为忤。那些名播四海、心性狂傲的风流名士，只要对他稍有不敬，或者引他忌讳猜疑，他是决计不会放过的。像孔融、祢衡、杨修等人，才华横溢，遮星蔽月，还标榜高洁，互为唱和。自负才高的曹操岂能容忍，要么借刀杀之，要么托故图之。

曹操虽然位高，有他的非凡之处，但禀性与常人无异，也希望不仅在权力更在才华方面领袖群伦。当然不喜有人凌驾于其上，哪怕只是气度风采。

故乡的集市

家乡偏远，为三县交界处，亦为三乡比邻处，故到任何县城镇墟都颇为遥远。没什么危重大事，乡村人家一年甚至数年都难得去一次县城。而乡镇便是我们能到达的最远最大的外面世界。我一直认为那是物质的海洋，吃的穿的用的似乎应有尽有。那是神秘的地方，各种不同面貌和身份的人会聚一堂，他们陌生却洋气。就连平时田地里常见的辣椒黄瓜青菜，在集市里也显得格外整齐光鲜。圩镇就是圩镇，无论是地盘、气度还是人流，都远远强于乡村。那种特有的城里味道和禀赋，让我一度魂牵梦萦。

因为临近的三个乡镇集市距离大致一样，习惯了路远的我们反而赶集很勤，三个乡镇当集的日子分别是 1、4、

7，2、5、8，3、6、9。如此一来，一个月中只有逢0的日子无集可赶。但凡家中累积了十个以上的鸡蛋，储存够了几斤小鱼干，榨好了一壶茶油，新摘了一筐红枣，都要带着去集市走上一遭，实在没什么可卖，拔几个萝卜，或者砍几个包菜，也要去乡镇里晃上一回。为了能尽量争取赶集的机会，我很努力地去田畈沟渠抓鱼摸虾，聚够量后就开启一轮快乐的乡镇之旅。

集市中对我最有吸引力的并不是琳琅满目的物品，而是地处集市主街中央的一个小百货店，我喜欢一边闻着店中油盐酱醋糖茶混合在一起的香味，一边隔着玻璃欣赏那一本本精美可爱的连环画，尤其是那套《三国演义》。自从第一次见到，我就决心要通过一己之力，积攒足够的钱将其买下，两年之后我终于如愿以偿，获得了真正意义上的第一套私家藏书。

前些年我回老家时，特意去几个集市故地重游，却再也生不起往日的欣喜之情。童年处处都是童趣，而成年处处都是无趣。保留一点快乐的记忆就已经很是奢侈了，何况还有始自《三国演义》连环画的读书之趣！那个地僻的故乡给我的足够多了。在这个日益变得寡淡的世界，所有产生或可能产生快乐的元素都弥足珍贵。

御者与门卫

昨得暇访友，友事业有成，居于一别墅区。知其小区守卫森严，我小心翼翼地问门卫，到六号别墅怎么走。门卫是个高大英俊的年轻人，满脸的傲然，冷漠地回问：“哪个六号？”我颇觉奇怪：“难道一个小区还有几个六号？”他神气而不屑地说：“我们这儿大着呢！不同的路上都有六号别墅。你既然说不出哪条路，就不能进去！”无奈之下，我只好打电话叫朋友出来接引。

看着门卫那副得意神情，我忽然想起《晏子御者之妻》中的御者，不由得哑然失笑。晏子担任齐相时，有一天外出，车夫的妻子从门缝里偷看，结果看到她丈夫替一国之相晏子驾车，一副趾高气扬、得意扬扬的样子。车夫回来后，妻子强烈要求离婚，车夫大为不解。妻子说：“晏子身高不满六尺，身为齐相，名闻天下，看上去却谨慎谦虚，思虑深远。而你身高八尺，做着人家的车夫，还志得意满，骄气凌人，相形之下，多么可笑可怜！”车夫听了，顿时羞愧难当，并毅然改正。晏子知道后，很是赞赏，并举荐他入朝为官。

今门卫亦相貌堂堂，替富家子弟护院，其意态神情与御者无异。但愿他也有位深明大义、通达人情的妻子。

寻找奇人异士

西山的白云悠闲地飘着，清泉在石上静静地流过。斑驳的竹影投映于地，像一幅水墨画。树以枝遮日，搭起了一条林荫道，道上铺满落叶，踏之绵软舒适。即使在夏日的正午，湿润的雾气也会挥洒清凉，渗人肌肤，沁人心脾。蝉在不远处的绿叶下持续鸣叫，声音越大，越显山林的清幽。溯流而上，随山百转，奇花异石随处可见。风入松林，有排山倒海的涛声阵阵传来。伟岸的古树昂然挺拔，似要叩问苍穹；微弱的小草绵延不绝，并不想着出类拔萃。而鸟总是在放歌，翻飞于林间，在属于它们的世界，自由地往来，随意地飞起。

我是来这寂静处寻人的，寻那个弹琴复长啸的人，寻那个不知何处采药去的人，寻那个骑着白鹿奔跑于青崖间的人。地上或有他们的行迹，空中或有他们的清气，林间或有他们的余响。我期待突然出现的草庐、吟诗而归的高士。要么无意间发现桃花源的入口，訇然中开的世外洞府。总之，我希望见到那些餐风饮露的人，那些脱略形迹的人，哪怕一个两个。然后，我们席地而坐，纵声阔谈，或者无言以对，直到夕阳西下，倦鸟归巢。

心中的春天

每个人心中都有一个春天。那里必有“肃肃花絮晚，菲菲红素轻”，哪里的春天没有柳绿花红呢？婀娜多姿，色彩斑斓，正是春天的本来面貌。那里可能“日长唯鸟雀，春远独柴荆”，天高日长，山野寂静，人迹或许罕见，春的气息却处处弥漫。那里可以是美丽的乡村，“千里莺啼绿映红，水村山郭酒旗风”，花草掩映，自然隽永。那里可以是繁华的城市，“半壕春水一城花。烟雨暗千家”，红墙碧瓦，意蕴悠长。那里或者风和日丽，“风恬日暖荡春光，戏蝶游蜂乱入房”，万物舒展，一派生机勃发的景象。那里或者下着细雨，“天街小雨润如酥，草色遥看近却无”，天地氤氲，一幅诗意盎然的画卷。心中的春天，既是期待，更是希望，卷之可盈怀，舒之弥四海。可安长寂之心，可慰深夜之思。

我心中也有春天，亦灿如锦美如花，明如月净如烟。只是我并不寄予希望，更不托付期待。因为夏之热烈，秋之皎洁，冬之凛冽，于我是另一种景致，与春之妩媚并无二致。所以，穿行于四季，我既来之则安之，既安之则享之。徐徐而前，淡淡而思，缓缓而品。不亦妙哉！

生活是公平的

一定要相信生活是公平的，该让你经历的，会一样不少地让你一一体验。也许时间和顺序会打乱，但重要的内容绝不会遗漏。可能别人二十岁时就已经饱尝个中滋味，你到了五十岁才开始有所触碰，但终究还是要填上这个空的。也许你年轻时就沧桑满怀，别人耄耋之年还一派天真，但苍颜白发之际，他们仍免不了一场并不情愿的蜕变。

生活中，我们常见一些人少年得志，要么一夜暴富，要么连升三级，不免欣羡于命运对其之眷顾。但生活随后对他们的严苛，我们很少见到，富者或瞬间负债累累，达者或终将锒铛入狱。一辈子锦衣玉食，最后可能要乞讨度日；一辈子顺风顺水，临了可能要坎坷曲折。不要抱着侥幸心理，以为偷奸耍滑就可毕生舒泰，生活从来不会对谁网开一面。知道前行路上风雨常来，冰雪必至，还是老老实实未雨绸缪、厉兵秣马的好，免得被生活强迫补课，临时乱了阵脚，慌了心神。

悲喜人生

人生这本书，尽管故事情节各有不同，翻到最后，结局基本一样。从情感来讲，都是悲剧；从内容来讲，都是喜剧。从生到老，你所遇的即使都是幸运，最后还是悲情结尾，永远逃脱不了死亡的追捕，这不正是一部生动真切的悲剧吗？撇开情愫，摒弃自我，将自己视为天地一浮尘、自然一草芥，则一生所遇为何，自不必介怀。人之一生一死，与花之一开一谢、树之一荣一枯，并没有什么不同，欣荣于大地的滋养，回归于大地的怀抱，正是天地万物之本来状态！由此观之，人的一生就是活脱脱一出喜剧。故能随物而化，不着痕迹者，当无喜无悲。

思接千载

让我颇为沮丧也由衷折服的是：我也曾站在滕王阁上极目远眺，湖光山色确实令人心旷神怡，却看不到王勃眼中的极致美景——落霞与孤鹜齐飞，秋水共长天一色。我也曾观赏庐山之秀峰瀑布，感叹大自然的钟毓灵秀，却生发不出李白的那种奇幻想象——飞流直下三千尺，疑是银河落九天。我也曾暮春三月下江南，体会季节的冷暖和晴雨转换，却没有志南的敏感细腻——沾衣欲湿杏花雨，吹面不寒杨柳风。我也曾于仲秋夜赏明月，好其光洁，沐其清辉，却慨不出苏轼那样的人生之叹——人有悲欢离合，月有阴晴圆缺。我也曾经历风雨走过春秋，总想表达岁月的沧桑沉郁，却做不到白居易那般言近旨远——春风桃李花开日，秋雨梧桐叶落时。很显然，我缺乏他们的天赋和才识，唯望生活加倍赐予我奇遇，助我能够追随他们的思想脉络。

好汉不提当年勇

“想当年”的话最好少提，从一个街道换到另一个街道，从一个单位调到另一个单位，从一个城市漂到另一个城市，这种往事自己回忆回忆就好，陈谷子烂芝麻，说出来带着一种酸腐气，非但没有显出你的经历之丰富和传奇性，倒是让人看到了你的狭隘和庸俗。特别是对着青春蓬勃的少年，更不要炫耀那些碌碌琐事，会让人生出“白头宫女在，闲坐说玄宗”的怜悯。如果确实有荡气回肠的英雄故事，哪怕风流倜傥的逸闻趣事，倒值得咀嚼卖弄一番。

古人说到“当年”，也有很多的雅趣雄风，令人颇为神往。且看陆游的当年：“当年万里觅封侯，匹马戍梁州。关河梦断何处，尘暗旧貂裘”；辛弃疾的当年：“老子当年，饱经惯、花期酒约。行乐处，轻裘缓带，绣鞍金络”；朱敦儒的当年：“当年弹铗五陵间。行处万人看。雪猎星飞羽箭，春游花簇雕鞍”；洪适的当年：“当年提笔上词坛。琢琅玕。涌波澜。晁董声名，一日满人间”；蔡伸的当年：“当年豪放，况朋侪俱是，一时英杰。逸气凌云，佳丽地、独占春花秋月”；刘克庄的当年：“当年玉立清扬，屋梁落月偏相照”；许有壬的当年：“老子当年，壮志凌云，巍科起家”。这些人忆起当年，我们不仅不觉絮叨，反觉颇为有趣。

所以，逢人先要掂量掂量自己的分量、往事的巨细，不要轻易张嘴就吐“想当年”。

生命的特殊时刻

我们总是对某些特殊时刻平添留恋之情。比如一年的最后一天、青春的绚丽尾巴、退休的决定阶段、生命的结束前夕。因为我们深知，一个重要时段甚至整个人生即将画上句号，在这个残存而极短的时间刻度内，我们仍处在一个往常的维度，尚未发生质的变化，过了这一分水岭，或许已跨入新年，或许已人到中年，或许已步入老年，或许已辞别尘世。此时我们仿佛更能听清时光的脚步，更能体验光阴的珍贵，也更痛惜生命的流逝，感叹造化的力量。愿“阳春召我以烟景，大块假我以文章”，以抵“浮生若梦，为欢几何”之叹，而融己于天地宇宙之中，迎风飞扬，随物同化。

新年祝福

如果能够，我想踏天磨刀割紫云，穿林挥剑截碧玉，做成与众不同的锦绣礼盒，随同经年不易的美好祝愿，在这千家团圆日、万象更新时，托一路快风捎给你，我亲爱的朋友。我主观地断定，那一定能荡平胸中块垒，扬尽命途风尘，唯豪情快意、剑胆琴心，长伴左右，萦绕身侧。往事不必重提，遗憾且留于岁月幽深处；未来尽情展望，奇趣当生于变化不居中。春天化雪融冰而来，阳光穿云破雾而出，大地生命勃发，人间温情缱绻。试问欢快都几许？一川花草，满城春色，百鸟鸣时酒。

返老还童

如果人生倒过来活，也许会有趣得多。刚出生时鹤发鸡皮，老态龙钟，生活虽不能自理，思想却成熟深刻，一边痛苦不堪，由壮年而青年，事业达到巅峰状态，身体变得强壮健美，关键是浑身透着青春气息，散发勃勃生机，虚弱病态一朝廓清，记忆欲望持久浓烈。随着少年时代的到来，思想越发单纯专一，爱情早已淡忘，梦想断了翅膀，而体质明显提高，心情逆风飞翔，沉迷于游乐，流连于猎奇，夜以继日，不知疲倦。而当走到人生的最后驿站，虽萎缩成婴儿，却人见人爱，红尘喧嚣已不复记忆，不懂世故却独自逍遥，在个人的天地里活着，于大家的呵护中离去。自己不苦，他人不厌。这种由痛苦到甘甜到无味的人生，比起现在由无味到甘甜到痛苦的人生，或许更加幸福合理一些。

悔在孝不足

若是回忆起来，恐怕每个人都有深为后悔的往事。后悔小时候没有勤奋学习，后悔不小心填错了报考志愿，后悔大学选偏了专业，后悔鼓不起追求意中人的勇气，后悔没有在房价攀升前购房，后悔股票拉升前就清仓，后悔未在经济最活跃的时候下海，后悔直到退休都未做好心理准备，后悔年轻时不好好珍惜身体，后悔没有用心多陪陪家人。

谚曰："人生不如意者，十之八九。"以此而论，则后悔者实多。然认真审视过去，虽然诸多不顺，命途多舛，但似乎并无一事让人痛心疾首得要大把大把地吞吃后悔药。即便回到当初，再作选择，极有可能结果还是一样，人生的轨迹并不会发生多大变化。只有一点，我一定会倾情倾心地加以改变，那就是对父母竭尽所能、即时即地地关心敬爱，不再像从前那样，总想着等事业有成，等万事俱备，再与父母共享富贵荣光。如果说此生有什么值得后悔的，那就是再也无法孝敬父母，这是最痛不可当的伤悲。

大自然之威

人类一直致力于雕凿万物，转移山海，试图与天地竞技，共自然较力。虽有虎跃龙腾之概，却只螳臂鱼刺之坚。不管如何地孤芳自赏，终究是不知汪洋大海的河伯、未见辽阔天空的井蛙。在平地上筑一座城，于荒野中种一畦稻，对人类而言，便是赫然战绩。而自然之力，以春风一拂，江南江北、山头田野便款款地绿了，至于杨柳垂地、百花盛开，都是春风吹过的应有之义。而大雪一覆，世外人间都将白茫茫一片，水窒声凝，干净寂冷，一切无有例外。待到洪水一过，滔滔者，天下也，山川竹树、人畜禽鱼，皆沉没于水底世界。最为绝望者，大地一摇，山河破碎，城村皆为废墟，家园瞬间毁灭，谁能挽大厦将倾？所以，自然法则，凛然不可侵犯，切不可以为折柳之力足可断铁，击卵之硬便可碎石。自然之威，顺之者昌逆之者亡，不可不察。

蜜蜂带来的春天

早上醒来，不是被小鸟的歌唱唤醒，不是被太阳的光芒惊醒，也不是被车辆的叫嚣吵醒，而是被一只蜜蜂高频率低分贝的羽振声拍醒。它急切地上下翻飞，在窗户上寻找着来时的路。然而，正如一条在冰封的湖泊中游动的鱼，于某个冰裂处抬头呼吸了一下新鲜空气，欢畅地游弋了一段时间后，再也找不到那个曾经探头的冰窟。在偌大一个房间里，蜜蜂不知在何处找了一个破绽，居然只身深入，痛快地飞行了许久，却再也无法原路返回。也许它发现了一个花的海洋，正要去通知它的同伴；也许它正拟赶往春天的深处，准备去广采博取。因为好奇，或因为探险，它误入了我的空间。明明知道外面是广阔的天地、自由的世界，却无法穿越玻璃窗，只得不断发出嗡嗡之声，以待援引。

我开启所有窗门，去除一切阻碍，让那只一夜疲顿的绝望蜜蜂迎风飞舞，自在翱翔。我要感谢它，是它提醒了我，原来春天已经盛装而来，那一畦一畦油菜花必灿然开放，那一树一树柳枝必仪态万千，那一汪一汪清泉必欢然涌动，那一群一群少年必神采飞扬。我也该步出郊外，敞开胸襟，让那花香树气，彻彻底底地荡涤心扉。

少年气

少年的好处并不仅在于富有韶华，满身活力，更在于对世事的沧桑险恶一无所知。不知不懂，便一往无前，锐不可当，或有头破南墙、足陷河海之时，但迂回重行，东山再起，并非难事，而勃发之气，依然如故。那幼稚执拗之态固然有几分可笑，但其奋力向前之力、蒸蒸日上之势却足令成熟者心惊。忆昔少年，亦有无惧风云、万夫莫当之勇，岁月枯败人肤色、增添人皱纹也就罢了，为何还要干涸人血性！虽云看透万事，通达常理，只求起居如常，读书如故，在安稳平淡中消磨岁月。但心中所慕，仍是少年无所畏惧的锐气、披坚执锐的勇气、一飞冲天的豪气。假如可以再少年一次，当更加脱略行迹，更加高飞远走，更加追云逐月。

雨中静思

世界一片沉寂，窗外雨声淅沥，雾气氤氲，偶有风吹断雨帘，鸟短鸣巢穴。风雨入林，平添澎湃之声；孤影投路，更显街市空旷。此时正当安静读书，杳然入眠。因为家国安康，亲友无恙。

什么时候合该做什么事，最好与天地四时协同。比如烟花三月下江南，满眼都是春色。比如大雪纷飞出塞北，浑身透着苍凉。夏天适宜热情地奔跑，秋天更当愉快地收割。繁花似锦处，有浓厚的喧闹趣味；落英缤纷处，有隽永的淡然雅韵。于截然不同的境界里赏着异样的景，却生出同样的情，浓烈或幽深。那些轰轰烈烈的生活、那些鸡毛蒜皮的琐事、那些喜忧参半的情绪，我们都要扔进心灵的过滤器，正如我们把各种酸甜苦淡的水果扔进榨汁机，最后流淌出来的是富有营养的精华。以此为滋养，我们才有甘甜清爽的人生。

现在，借着春雨的节奏，可以读诗，可以诵文，或者海阔天空地遐思，纵横捭阖地冥想。等艳阳高照，我们就去郊外漫步，去山中探险，去研究问题，去实现梦想。四季很分明，功业有阶段，章章独立，又节节贯穿，方为完满。

同在却错行

我每天从那些高楼大厦前路过，一如既往地到单位上班。下班回家时，又一次经过那些高楼大厦。数月过去了，数年过去了，单位上的人事更迭，我都耳闻目睹，心有所感。可是，对那些日日经过的高楼大厦，我并不认识其中上班或居住的人们，更不知道发生了什么离奇或平淡的故事。想来那进出如蚁的人群，也有生老病死，也有悲欢离合，情到极致，一定也会欣喜若狂或悲痛失声，心受伤害也会义愤填膺或愈挫愈勇，只是我感受不到罢了。正如我每天路过那花坪草地，已经熟悉了那红的白的花，那绿的黄的草，但我却不知花的名字、草的种类，它们何时盛衰何时荣枯，我完全忽略淡忘了，恰如我忽略淡忘每一个平凡的日子。

人生要看到或经过多少熟悉又陌生的事物啊！尤其是那些熟悉又陌生的人，他们的穿着服饰、音容笑貌历历在目，而他们的心思情感、喜怒哀乐却一无所知。我们彼此在这个世界错综复杂地活着，互有交集却互不穿透，因为没有互相干预，也就相安无事。

赶海

早上八九点钟，城市开始呼吸急促，血脉偾张。宽阔的马路变成了河床，车浪若奔，激流甚箭。不时的鸣笛声，偶尔的责备声，此起彼伏，滚滚向前。非机动车道上，电动车呼啸而过；人行道上，步行者甩开膀子，努力追上街面流动的节奏，仿佛非如此不足与环境和谐同步。街边店门次第而开，匆忙的人们鱼贯而入，小吃的香味不胫而出。

花怒放着，却不入人眼；草茂盛着，但与世无关。人们开着车走着路，思忖着一天如何展开。至于风从哪个方向来，云飘向何处去，自有文人墨客关注。现在，此时，尽快把办公室的门打开，电脑的程序启动是第一要务。其实伴随着城市的激烈舞动，鸟儿一如既往地飞翔，阳光仍然明媚如昨，与人、车、天空和大地共同组成瑰丽的风物图。看到这幅全景图的仅是这座城市的客人，他们兴致勃勃地玩味，却并不置身其中。

虽然我也客居于斯，但我很喜欢这人间的烟熏火燎气息，很喜欢突然情绪暴涨、精神焕发的城市姿态，所以我以赶海的心情和仪式，主动将自己融入其中，不留丝毫自以为是的踪迹。也许只有这样，我才会泯然众人又凤凰涅槃。

来不及踏春

季节已深，转眼春暮。陌上繁花，缤纷而落。往日款款而来、缓缓而归的游人，如今却足不出户，无暇问津了。陇上原野，深山桃源，真个是芳树无人花自落，春山一路鸟空啼。景本以人而优美，境本以人而情深，时下人们身困于斗室，心忧于稻粱，又有谁有心思观那红的花绿的叶，登那远的山雅的阁呢？所以，春天自顾自地姹紫嫣红，此花开后彼花放，此树繁后彼树茂，把处处都装点得俏丽娇艳。人们却自顾自地柴米油盐，重开张复生产，增储备去库存，而忘却了其时正是生气郁勃、色彩斑斓的春天。

多少年来，人们在春天里拔节，在春天里放歌，在春天里播种希望，在春天里满怀信心。这一次，对于春天，人们集体视而不见，听而不闻，这当然非其所愿。要知道，没有人，春天将寂然而芳；少了春，人将漠然而存。人们忍心错过今春，是期望更好地拥抱明春。

开口与闭嘴

开口，于某些人属平常事，于某些人却是非常事。比如溢美他人，有人随口就是赞叹，让人如沐春风；有人整日难夸一词，真正惜言如金。比如屈己求人，有人见机就央告，丝毫不觉尴尬；有人毕生不扰人，视求助为羞辱。比如发表演说，有人滔滔不绝，张嘴不能自休；有人言简意赅，却常语短情长。昔时以言而有信为贵，故大人先生决不轻发一言，生恐不能履行，落个食言而肥的骂名。

今人好言，誉则十倍百倍虚溢，乃至于不知相去几万里；毁则扬恶隐善不遗余力，极尽污诋之能事。反正外无言出必行之约，内无谨言慎行之束，人们便要信口开河，甚至信口雌黄，然飞短流长、虚言空语一旦多了，总不免还治于其身。有时候，三缄其口、默然而行才不失贵重。

岁月

岁月幻化蝶舞，并非总是沉重刻板，也不是一味安然静好。在生气郁勃、歌舞飞扬的校园，她一尘不染，自然晓畅，美丽得让人怦然心动。在人潮涌动、车流滚滚的城市，她烟尘满面，汗泪交流，疲惫得令人心碎。在草木繁茂、清溪见底的画卷中，她悠然轻扬。在贫病交加、痛苦不堪的日子里，她黯然神伤。

每个人都有一段岁月，或长或短，或盛或衰。有人在岁月深处叹息，有人在岁月深处彷徨，有人在岁月深处放歌，有人在岁月深处苍茫，有人在岁月深处平淡，有人在岁月深处辉煌。只是无论岁月曾经多么荣光，最后都毫不例外地走向枯黄。我们怡然于岁月的赐予，也要坦然于岁月的褫夺。她时而静谧，时而喧哗；华美起来晃人双目，凋零起来动人心魄。没有人能抵挡岁月的甜蜜诱惑，更没有人能躲过岁月的温柔一刀。我们可以选择在岁月里痛苦地清醒，当然也可以选择在岁月里痛快地沉醉。

身心俱需磨砺

人的身体有怠惰之习，而思想则有逸乐之欲。身体的锻炼是极难坚持的，只要一日不咬牙，便可能懒散委顿，直至全盘放弃。正如一颗螺丝钉，如果不死死铆紧，就有滑丝松懈，乃至完全脱落的风险。身体管理一放松，身材变样了不说，体力自然跟不上，面貌也会走了神。越是体质差，越是懒得养护，越是容易滋生不良嗜好，如此恶性循环，垮塌只是时间问题。

思想也是一样，天然趋于逸乐。没几个人勤于练习思维，天天开动脑筋。毕竟冥思苦想是件辛苦的事，谁都愿意关闭思想阀门，轻松享受。然而今日不动一念，明日不作一忖，思想终究要锈迹斑斑，最后腐朽陈旧。较之身体，思想的磨砺更需也更难持之以恒，须如刀刃常常发硎，机器常常开启，稍作停留，便难以为继。那些思想的没落者，正是放任逸乐而疏于磨砺者；而那些思想的引领者，正是摒弃逸乐而坚持磨砺者。

泯然众人

我缓缓步入如山如海的人群之中，瞬间成为千万个匆匆消弭的分子之一，我已不再是我，而是一个生动而平常的符号，影影绰绰地晃动，并不闪耀特别的光华，泯然众人，我心于是乎安。

我置身于山水之间，听鸟鸣林下，看水激岸石，在光影里剪裁其图画，于声响中体味其寂静，山水入我心，我入山水中，恰如庄生与蝴蝶。在茫茫自然界，我化身万物，处处皆在，又无迹可循，与那不知名的花草，和那古生代的岩层共生共存。我沉浸在无始无终的时光隧道中，独自完成自己的人生轨迹。当然，与人会有平行，有交集，有碰撞，有擦肩，但作为芸芸微尘，彼此皆可忽略不计。只这段岁月，不管绽放多少光亮，都将刻于个人的墓志铭。

不管能不能选择，此生我都心甘情愿地做个常人，没于人群，融于山水，浸于时光，无影无踪，当然也就无牵无挂。

暖阳

八点不到，暮春的暖阳就徐徐铺设开来，从荔枝林的繁叶，漫卷于小叶榕的根须，最后舒展到如茵草地，在空间上便完成了日常的布局。但于椰树光滑粗大的枝干，它几乎不能立稳身形；在浪潮平息的海面，它只能施展凌波微步。然而，以它的博爱与宽容，它依然坚持施光于众，即使海角天涯，不分江南塞北。

刚开始的时候，它的姿态是从容淡定的，沐浴那柔和的光，如感于长者的抚摸，孩子的轻吻。继而它热烈起来，啜吮草芽花蕾上的露珠，爆裂密雨调和好的石壁罅隙，导引人们心中最后一声寒冷的叹息。

它有时款款独行，有时挽风而来，在原野上铺天盖地，在城市中化身万千。不似冬天里的轻描淡写，不像夏天里的咄咄逼人，恰到好处地飘散于空中，弥漫于人心。你可以一米一米地剪裁，可以一口一口地吞吐，反正它不会因为不用便溢了，亦不会因为多用就损了。有多少人渴望身披却无缘沾泽，有多少人奢侈享用却不以为贵，如果能够，我愿一直曝身其中，沉心其中，做一个阳光下的透明人。

立志高远

同为有志者，目标或有高者，或有远者。冀一飞冲天，达于人生巅峰，俯瞰万千世界，尽收四方崇敬目光，实人之常情。能为之破空飞翔，至无力攀升毫厘处，可谓大成者。凡一国之君、一界之英，莫不如此。然任是高空更高处，总是有终点的，至盛而衰，至极而返，乃不喻之理。志到此处，便掉头而下，一落千丈。志有降格，不可谓全志。

相较而言，有远志者更为可贵。不以一时一地、或得或失而稍动其心，轻易其志。也许已达至高点，也许已落最低谷，然奋飞者不以高低论成败，而以长远较始终。万水千山一掠而过，姹紫嫣红一赏即足。时光绵延，未来缈缈，远处并不是特定的一座桥，预计的一条河，它许是一株树，许是一朵云，许是心中的月影、梦里的繁花。有志高翔者，在空间上延伸，虽必达最高处，终将成穷弩之末；有志图远者，在时间里穿行，无任何阻碍滞留，故能无穷无尽。我愿以一生为期，立志图远。

报晓的鸟

我静坐以待天明，看到底是谁率先让这座城市苏醒。我当然知道，再也听不到雄鸡报晓的声音，那个时代已经远去，不管我们有多么怀念。我甚至看不到黎明前的黑暗，似乎有光彻夜不灭，城市和人们其实都在浅睡状态，白天和黑夜并没有明显的界线，有些区域两者还你中有我我中有你。然而，我还是努力地捕捉到了时光转换的瞬间宁静，这一刹那的寂静，让我确信穿越了某种边界，进入另一个巡回。

有一只鸟在此时准确地发声，它也许是在吟唱，也许是在询问，但肯定是有意识地做着某种唤醒。虽然它的声音单调短促，毫不悦耳，也并无同类呼应，但它绝没有停止的意思，一遍一遍不知疲倦地重复。功夫不负有心鸟，终于，隐隐地传来一两声相和之音，于是两者此起彼伏，你方吟罢我登场。不久，各种声音渐次丰富起来，有咕咕声，有嘎嘎声，有喳喳声，有嘤嘤声，有啾啾声。显然，众鸟都加入了争鸣行列，寂静的空中顿时热闹非凡，在它们的啁啾声中，朦胧的天际慢慢地变得亮堂起来，又一个繁忙的白天即将展开。感谢群鸟，是它们的鸣叫提醒了我：我们幸未远离自然。

自在金不换

夕阳已失去了光泽，热度被海风吹散得无影无踪。群山默然，晚霞蔚然，白云淡然。在海的边缘漂来一叶扁舟，一个六十岁左右的黑脸汉子从容地系好小舟，踏着细沙慢慢地走向路边，腰上绑着的鱼篓略显沉重，他的手上握着一支算不上精致的钓鱼竿，暗淡的阳光将他的影子拖得瘦长且稀薄。

有几个游客在路边漫步，见他姗姗而来，猜到他的鱼篓中定有鱼虾，欣喜地问他是否愿意出售，他们正好想找些新鲜的野生鱼虾，加工后饮酒夜话。只见那汉子一手捂着鱼篓盖子，一边略带愧疚地摇手道：“不卖不卖！”脚步并不停顿，嘴里还念叨着，“半生方得清闲，一天钓得这些鱼虾，岂好作价而沽？”这时，另一群游客围了过来，他们希望用带来的美酒换取部分鱼虾，那汉子依然是那副抱歉神情，一边手捂鱼篓盖子，一边摆手：“不换不换。”口中还咕哝着，“这鱼虾中寓含着无穷的兴趣与快乐，岂能轻易地物物交换。”

我亲眼看到了这一过程，下意识地捂了捂口袋，虽然没有鱼虾宝物，然亦有不竭的悠闲与自在，若给我以钱财和美酒，我将和那汉子一样摇头摆手：“不卖也不换。”

从容应变

由俭入奢易，由奢入俭难。大手大脚惯了，突然要缩手缩脚，当然倍感束缚。寂寞和热闹也是如此，由寂入闹易，由闹入寂难，群聚喧哗惯了，突然要独处一隅，当然如坐针毡。只是凡事在于习惯，无论俭还是奢，寂还是闹，一旦习惯成自然，那么习惯一变更，心思便不定，诸事必不谐。

唐朝马戴曾有诗云：“落叶他乡树，寒灯独夜人。空园白露滴，孤壁野僧邻。”描绘的是自己寄居长安郊外的孤寂生活，与野僧为邻，独自枯坐，寒灯一盏，四周寂静，连露水滴落的声音都清晰可闻。日日如此，自与寂寞成了密不可分的朋友。让他伴着喧天锣鼓一日看尽长安花，恐怕他也会身心俱疲不堪忍受的。

现代人的生活节奏极快，白天马不停蹄地开会谈判，晚上紧锣密鼓地应酬交流，只在热闹繁华处穿梭来往，耳根不得清净，心思起伏不定。整日被热闹包围，根本没时间寂寞。有朝一日让他停止运转，将其禁锢在寂静的时光之中，不知能否挣扎着戒掉深入骨髓的热闹之瘾。

俭或奢，寂或闹，不过是一种生活状态，大部分人都可以做到习此或惯彼，只是易如反掌地彼此转换，着实需要智慧和定力。

突破自我

人最难突破的是自我，最难战胜的也是自我。外在的人和物再高大再渊深，只要我们决心够大、毅力够强，行动够狠，都有可能实现超越。因为目标明确，难度分明，算好了用力的总量，合理分配，循序渐进，剩下的只是时间问题。而自我是个模糊不清、琢磨不透的目标，有时高大，有时渺小；有时渊博，有时浅薄；有时狂妄，有时菲薄；有时明晰，有时隐约；有时多情，有时无情；有时正义，有时卑劣；有时君子，有时小人。

突破自我，就是要弘扬自我中固有的果敢坚毅、忠信廉明，实现更大的跨越，这谈何容易。而战胜自我，就是要祛除自我中固有的自卑怯弱、畏惧冷漠，进一步完善自身，这更势比登天。

其实人们不必将他人设为羡慕和追赶的目标，即使达到了预期，也并不是最大的成功。有志向有勇气的人都是将突破和战胜自我作为人生理想，不断强化自我中美的一面，而弱化自我中丑的一面，每一次进步都是巨大的成功，那无异于力竭后的完美一剑，计穷后的惊世一谋。古代的圣人君子都是如此，从来无顾他人，但只一点一滴地突破自我，一刀一枪地战胜自我，最终成就一个完美崇高的自我，此时回眸一望，原来自己早已一骑绝尘。

世界

每个人都有自己的世界。有些人的世界是混出来的，有些人的世界是闯出来的，有些人的世界是拼出来的，有些人的世界是造出来的。

混世界就得与世界合拍同流，顺着世界的节奏，将自己修圆摆正，作为一个新生成的有用附件，悄然并入世界的大轨道。这凭的是世之所谓情商。

闯世界就是形单影只，赤手空拳，有些茫然地仗着胆大，深一脚浅一脚，碰碰壁受受苦，终于揳入了现实世界。虽然来途不易，前途漫漫，但毕竟历练了一身胆魄，总结了一些经验，也许时将趔趄，却可以日渐致远。这凭的是一往无前的勇气。

拼世界顾名思义，是要枪挑一线棍扫一片，硬生生打出一方天地来的，难度可想而知。或许伤痕累累，或许命悬一线，但成功以后，极有可能改变世界，或者引领世界。这凭的是横扫千军的力量。

造世界的前提肯定是对现有世界不满甚至不屑，没有混的兴趣或闯的动力，更没有拼的目标。即使拥有整个世界，也很难痛快淋漓。于是，思量着重建一个世界，无论是外部形态还是内在运转，一如己愿，无不契合，再也不用穿凿附会，削足适履。既然重造，所有一应材料物品、思想理念当然都必须是与往日不同、焕然一新的，这凭的是卓然超群的智慧。

每个人的世界不同，没有可比性，在自己的世界里成就自我即可，千万不要以己之世界度人之世界，否则，极有可能毁了自己的世界，却又永远无法企及别人的世界。

深沉的寂寞

有些人觉得自己形单影只，荷戟独行，寂寞如沙漠中的一草，漂泊似大海上的片叶。那是因为他们目力不及，看不到古人的苍凉。

陈子昂感慨“前不见古人，后不见来者”，内心何等孤寂！李白频频“举杯邀明月，对影成三人”，源于无人倾诉。晏殊默然“独上高楼，望尽天涯路”，只好寄情远方。苏轼感觉“起舞弄清影，何似在人间”，想象身处仙界。柳永轻叹“今宵酒醒何处，杨柳岸、晓风残月”，神色苍茫凄怆。辛弃疾无奈“醉里挑灯看剑，梦回吹角连营”，情绪低昂激越。

他们的寂寞，比起我们的寂寞，不知要肃然深沉多少倍，隽永绵长多少倍。我们的寂寞只是欲望得不到满足后的幽愤怨恨，是情绪得不到控制后的无病呻吟。而他们的寂寞是有志不骋的忧心忡忡，是燕然未勒的萧然惆怅。以他们的标准而论，我们是没有资格寂寞，也无法深刻地寂寞的，所以还是不要动不动就奢谈什么寂寞。

延长生命

我正在努力拓展生命的限度。虽然我做不到在时间上延长生命，哪怕一日两日，但我可以在空间上放大生命，或许一倍两倍。苏东坡曾说过：“无事此静坐，一日似两日。若活七十年，便是百四十。”他觉得独坐某处一日，怡然安享宁静，胜似热闹焦虑地度过两日。一辈子算总账，就算生理上只活了七十岁，生命却延续了一百四十年。

我开始效法苏东坡。先是将碎片化的时间一一拾起，放入我的时光池。就像湖海吸纳溪河，时光池日渐丰盈饱满。然后，我大力压缩不必要的时间开支，将好钢用在刀刃上。人百之，我十之；人十之，我一之。长期高效使用，节余的时间富裕丰厚。最为关键的是，我将时间集中花在乐于沉浸、意义深远的事情上，让岁月从扁平变得立体，从单调转为丰富。早有时间定数的生命，在空间上获得了重生。

将来我若有幸活到百岁，按苏东坡的计算方法，等于活了两百年。实际上也许活得更长，因为我可以自由支配的时间，远远超过苏东坡。我很希望将来我的墓志铭上写着：这是一个可以将生命在空间上绽放的时光统筹规划的专家。

名有虚实之分

我们的名字多拜父母长辈所赐，也许寄寓了他们的希望祝福情思，但于我们自身，就是个区别于他人的称呼，并不附加好坏美丑因素。然而当我们进入社会，逐渐认清世俗规则后，开始着力经营我们的名字，希望将它打造成响亮的品牌。于是，我们千方百计在名字的前后左右贴上各种标签，加上各种前缀后缀，诸如商界精英、著名学者、某某长、某某总、某某家，但凡能够有别于他人者，绝不遗漏，多者甚至达到数十个。目的却只有一个：打造与众不同的我。在各种外造光环的照耀之下，有些名字确实熠熠生辉，光被四表。一旦外部光环灭却，名字顿时暗淡无光，转瞬即被遗忘。

名有虚实之分，虚名只能浪得一时，而实名却能行稳致远，甚至万古流芳。我们费尽心机擦亮的名字招牌最终都要回归符号的本义，但如果我们靠自身的实力发光，则名字将常耀于江湖，而且越是久远，越是闪亮。

似同实异

对于同样的曲调，不同的乐器有不同的表达，钢琴是激昂的，吉他是清越的，小提琴是悠扬的，古琴是质朴的，古筝是高迈的，钟鼓是低沉的。所以欣赏起来，感受千差万别。

对于同样的爱情，不同的人亦有不同的表达：有人埋藏心底，有人喧之于口；有人深沉隽永，有人激烈短暂；有人珍如生命，有人弃如敝屣；有人坚贞不渝，有人朝三暮四。所以视其结果，成败截然不同。

同样生活于俗世，同样经历浮沉，因为态度不同，情感不一，结局自然各异。有些人事事都斤斤计较，处处都小心翼翼，一辈子活得辛苦劳累；有些人眼里不落一尘，心中不着一物，一辈子活得潇潇洒洒。一起走过战争，有人死去，有人生存，也许是命运的安排；一起经过苦难，有人坚强，有人沉沦，一定是自我的抉择。成功的时候，有人一如既往，有人目空一切；失败的时候，有人愈挫愈勇，有人一蹶不振。这不能不说是禀赋天性的区别使然。表面形象上看起来惊人相似的事物，实则内在逻辑上或许完全相反。

始之不分轩轾，终之云泥之别。岂不正是你我人生之生动写照！而究其根本，由来必有源。

一平方米的宁静

我的宅后有青山数座，湖水一泓。山虽不是高峰入云，湖亦非气蒸云梦，但花发幽香，水皆缥碧，风来杨柳婀娜，波动众鸟惊飞。此景境位于乡野，并不稀奇可观，然置之市郊城际，却弥足珍贵。每到周末，人车便蜂拥蝶至，与其说是来呼吸新鲜空气，欣赏山水美景，不如说是来享受一平方米的宁静。吐纳一下浑浊的肺腑，过滤一下混乱的情绪。毕竟城市的风尘不仅污染人的肺，还侵染人的心。呼吸不畅，思虑遇阻，人们只好到大自然中寻求解决路径。

越来越多的人选择在城市中突围，虽然常常像鸟兽逃离后再被捕入笼中，他们也于突破世俗后旋又身陷囹圄，但即使是短暂的自由，也足以支撑累月的困顿。我庆幸有花草相伴，清风尾随，至少可以中和焦虑，消解烦闷，自沉于世外，属意于天地，非必丝与竹，山水有清音。

身既脱略行迹，心亦超然物外，才不负了这近处的竹树，那远处的烟云。

心之园囿

古人好于居处修亭营室，于公退之余，或咏诗，或下棋；或调素琴，或阅金经；或焚香默坐，或手执书卷。那一定是个与俗世相隔的世界，凭着绿上石阶的台痕、映入门帘的草色，通往自然，与天地宇宙相连。那些争名之念、逐利之机，都被阻挡在室外亭周。无丝竹之乱耳，无案牍之劳形。谈笑有鸿儒，往来无白丁。这个方寸之地，就是一个别样的世界，就是一个自己为王的王国。这里当然有青竹绿萝以美其色，当然有经籍长卷以清其气，当然有泼墨山水以异其香。每当步入，自是世虑尽消，神游意畅。

令人啼笑皆非的是，今人亦造室建园，亦有绿色盈室，茶香四溢，书架上摆满典籍，墙壁上张挂书画，却丝毫没有给人出尘绝世之感，与外面的世界并无二致，安求其能净心洗虑，忘却目前之务！

古人所营者，乃安心之境。今人所营者，无非安身之所。

灵魂最重要

初次见面看容貌。有些人长得高大挺拔或者亭亭玉立，在社交场中显得格外抢眼，会占据优势出尽风头，很容易为陌生人所注目，愿意与之结识。而身材矮小、长相平平者不免要吃些暗亏，在华丽锦绣的场合暗淡无光，成为映衬耀眼星星的黑色天空。看外貌，人们当然用的是眼，只停留于表面，如果再无机会交集，外貌佳者将长留好印象。

再次见面看谈吐。这时容貌的光辉会有所褪色，如果语言乏味，用词单调，美丽外表的吸引力将对折冲淡。而那些原本长相平淡无奇的人，因为谈吐优雅言之有物，反而生动鲜亮起来。这时人们交往，用的是耳，比初次见面当然要深入一层，目睹之不足，则加以耳闻。而能言善谈者更易于脱颖而出。

三次见面看灵魂。灵魂是心灵深处的光，必须进行心与心的碰撞，才会力透身体，灼灼生辉。高贵的灵魂从不显之于貌，不附之于言。有人长相体面、谈吐儒雅，却灵魂卑劣；有人外表平常、拙于言辞，却灵魂拔俗。直抵灵魂，必须用心。通过深入的接触、无言的交流，然后知其深刻，悟其非凡。

外貌、谈吐、灵魂往往不可得兼，为长久计，当首取灵魂，次取谈吐，后取容貌，因好容貌配丑灵魂，易令人生厌也。

平等论交

对于交朋友，孟子主张“不挟长，不挟贵，不挟兄弟而友。友也者，友其德也，不可以有挟也”。不凭年龄相交，不论富贵相交，不看身世相交，纯粹因德行相交，不掺杂其他因素，才算是真正的好朋友。他以晋平公与亥唐的故事阐释友谊的纯洁性和平等性。

晋国在晋平公当朝时，礼敬贤臣，但亥唐不愿为官，隐居穷巷，平公曾对他“致礼与相见面请事”，并倾心与之为友，亥唐让他进才进，请他坐方坐，平公并不以此为意；饮粗茶，食淡饭，平公一样津津有味，茶足饭饱。但晋平公却不与亥唐同朝理政，共治国家，均享俸禄。晋平公做他的君主，亥唐做他的隐士，只是彼此欣赏敬重，平等论交。孟子以为，真正的朋友就该当如此，以互敬德行而相交，并不附带任何功利关系。

若以孟子的交友标准衡量，一个人毕生恐怕都难得一知己。特别是现代社会，很多人相交多为利益，彼此各取所需，利尽则交绝，还美其名曰资源共享。有几人会因德行高洁而相互激赏，成为挚友！在浮华的世界，追求纯粹的友情，无异于缘木求鱼。

不挟而友，孟子的想法很美好，却有些虚幻。

寂寞常在

每个人都有不甘寂寞之心，有不甘孤独之魂。不甘寂寞，便要不断闹出动静，显示自己的存在。无论是争权夺势还是图名图利，表面上是为了追求物质享受，满足口腹欲望。归根到底，还是怕被世遗忘，怕被人漠视。有了权势做光环，有了名利做背景，当然会更加明亮突出、引人注目。只要有人关注跟随，自是不会寂寞的。但无论如何努力维系，光环总会消失，背景终将破碎。如流的人、热闹的场、嘈杂的声，都会归于寂灭，寂寞还是如影随形，而且繁华落尽，寂寞将更深一重。

不甘孤独，便要去寻找灵魂的伴侣。情感上的恋人，思想上的同道，文化上的知己，越是在喧嚣世界，越需要有人与己精神同行，灵魂相依。所以人们喜欢诉说，爱好表演，热衷写作，无非是“嘤其鸣矣，求其友声”，希望在万千人中寻找懂得自己的知音，使孤独的灵魂可与之结伴而行。然而，王八与绿豆或能对眼，凡夫与俗子或可携手，高贵的灵魂却注定是特立独行的。

人们倾其一生，都在致力于解寂寞，破孤独，可是没有人到最后能摆脱寂寞，甩掉孤独，无论他是伟人还是常人。

交友

鲁缪公有一次问子思：“如果一个千乘之国的国君要跟你交朋友，你觉得如何？”子思听出了鲁缪公话中居高临下的意味，冷冷地回答说：“那得看以什么论交。如果以地位论交，那他是君，我是臣，我们是上下级之间的关系；如果以德行论交，那我是老师，他是学生，只能是师生关系。”子思虽未明言，但显然是告诉缪公，我们之间可以是别的关系，但绝不是朋友关系。当然子思在此强调的朋友，是指同道同志者。

今人交友，更多是以位论交、以势论交、以利论交，很少有人以德论交、以能论交。所以朋友交了一大堆，遇事却找不到一个靠谱的人。孟子曾经说过，一个乡里突出的人，自然会选择乡里同样突出者为友；一个全国突出的人，自然会选择全国同样突出者为友；一个天下突出的人，自然会选择全天下同样突出者为友。其实，越是杰出，越是难以交友，因为他们不是在乎位势名利，而是看重德行思想。好在今人比古人幸运，如果现实中找不到相与为友者，还可以与古人为友，因为历史已经几千年，尽可上溯历朝历代，找到那些硕儒名士，诵其诗，读起文，究其思，敬其德，瞑遇神交，与之终生做伴。

宝贵的时光

时间一分一分地流失，生命一节一节地缩短。正如檐间冰柱，一滴一滴，不舍昼夜，终有一天要冰消瓦解。生命也经不起消耗，滴着滴着，便油尽灯枯。很多人在深夜算计着一天的收益，为劳有所获而举手加额，却忽略了生命成本，而生命的折旧，是任何进项也无法弥补的损失。有此一失，那些物质的明细意义全失。可惜，很多人都精于算名利账，却疏于算生命账。

每个人都有自己的生命周期，上苍统一做好了安排。而且每天都要夺走一段，不管你同不同意，谁都无法将其冰冻雪藏。我们的主动权只在于，将这段时光尽可能用到极致，释放非同凡响的能量。如此，生命在节节闪烁中将光芒万丈。然而，什么是这节生命时光的正确使用方式，古今并无定论。应用之妙，存乎一心。在我看来，只要淡然心安，了然无憾，便物有所值，甚至贵不可言了。

无所期待

但凡焦虑急躁，必是有所期待而不果。期待的也许是职位调升，也许是协议达成，也许是情感归依，也许是局势明朗。总之是期待尘埃落定，天遂人愿。然而事情的理顺、问题的解决都有过程，需要时间。人们只好在等待的煎熬中度过，前后相续，此起彼伏，须发就白了，音容就旧了，心态就怠了，精神就倦了。那些原本生机勃勃的景象失去了活力，那些一贯趣味横生的物事没有了魅力。曾经清亮的眼，经生活一煮，日益浑浊；曾经透明的心，经尘俗一染，逐渐污秽。

让自己始终坚持本色当行的办法是：淡然无所期待，对未来不作展望。也许有人要以事业或理想质疑，然而所谓的追求，不过是人们的惯性思维，以为非此不足以谈人生。其实人生只是从出生到死亡的时间绵延，其意义在于附加其上的内容，有些人将物质作为核心，有些人将精神作为本质，这都无可厚非，但让自己变得越来越沉重凝滞，一定是哪里出了问题。正确的人生，必然是越来越轻盈流畅，而无所期待，正是让自己松绑放飞的最佳方式。

岭南之春

岭南的春天来得悄无声息，不似江南的春天来得一鸣惊人。在寂冷枯涸的冬季里破茧而出，江南春天的每个突破都引人注目。枯瘦的江河日渐丰盈浑厚，潺湲的流水突然奔腾咆哮。沉睡的大地有了生命的体征，郁勃之气冲天而起。灰暗了一季的原野，开始七彩缤纷。绿满枝头，红遍山冈，坚硬的景象，演变成妩媚婀娜的身姿。似刀的风，化作轻柔的手，抚每个人的心，如流苏拂颈。站在江南的春天里，腐朽之木或能重生，心死之人或能涅槃。

岭南的春天并非脱胎换骨而来，因为生命在冬天仍一如既往。红的花、绿的叶、青的草，既不易色，更不枯萎。雀鸣声依然清亮，鸦叫声并不凄厉。春与冬的接驳，丝毫不见缝隙。只是在深绿的树梢捧出一丛鹅黄，在空旷的树下盛开一片杂花。有时空中弥漫润草的香味，风中飘过温暖的气息，身上泛起慵懒的感觉，不由得恍然一惊，原来已是暮春三月。与岭南的春天并肩，从无凋零萎谢之意，当然不会有美人迟暮之叹。

生活与思想的半径

小时候我们的生活半径都很小，一座城市的几条街区，或者故乡的几个乡村。目尽于城郊之际，步绝于乡野之间。我们快乐于一隅，寄望于远方。后来我们的生活半径逐渐扩大，那些生养我们的乡村或者城市，慢慢地变成了圆心，以此为圆点，北张南扩，东延西展，我们在天地之间画圆。半径或者是几座城市，或者是几个行省，或者是整个国家，甚至是全部世界。再后来，我们日益收缩，脚步放缓，雄心内敛，生活的半径又回到了当初的几个乡村，或者几条街区，然后拄杖矫首，怡然回望。

思想和生活一样，亦有半径，早年我们简约单纯，视野在方寸之间，思维处一室之内。见一物不过普通物，经一事无非平常事。阅历丰富后，学识增长后，见闻广博后，思想的高度、深度和广度都得到拓展，可以越陌度阡，可以穷究宇宙，可以上溯千古，可以展望未来。三里五里，千万里，乃至无穷远；十年八年，千万年，乃至无尽时，思想的延展完全可以突破时空限制。

思想的半径与生活的半径不同之处在于，一旦外延，便再无缩短之虞。

麻烦

年轻的时候是不怕麻烦的，既不怕麻烦别人，也不怕别人麻烦自己。甚至有时候要故意找点麻烦，以防自己闲着荒着。有麻烦了，说明有事忙碌，似乎忙得整天不可开交、毫无闲暇，才算是个有用的人。那些白天飘忽不定、晚上走马兰台者，多被视为青年才俊。而那些一找就能找到、一约就能约定的人，往往让人觉得无关紧要。豪气地揽着麻烦，兴奋地约着饭局，在人情世故中翻滚，于觥筹交错间满足，青春开始发黄，脸上有了沧桑。

年老的时候很怕麻烦，既怕麻烦别人，更怕别人麻烦自己。于是，远离各种热闹的场所，谢绝可能带来麻烦的邀请。宁可憾失千种快乐，也不愿错遇一个麻烦。于是，滋生了一种避世之心，一缕好静之意。总想着到陌生的城市旅游，去无人的地方漫步。明月为伴，孤云作侣就好。

如果三天无人邀约，五日无人到访；不必发一句虚言，无须作半刻绸缪，便是人间好季节。若得清静如是：不知今日何日，不知今时何时。那必是神仙境界。

忙碌的目的

忙碌并不都是为了得到，有时候是为了消耗。虽然忙碌的外在表现形式都是马不停蹄，东奔西走，但其内在的缘由却各有不同。有些是迫于压力，为了维持生计；有些是源于诱惑，为了获得财富。为了得到，人们早出晚归，甚至夜以继日，在办公室苦拼，在工地上煎熬，在火车上枯坐，在饭桌上拼酒，忙得不亦乐乎，苦得独自吞声。

有少数人已财富充盈，功成名就，却仍然投身生活洪流，与众沉浮。因为他们精力充沛而无处散发，时间富余而无所事事，必须让自己旋转起来，让心情紧张起来，才不致精神空虚，思想落寞。忙碌，只是他们排解情绪、打发时光的手段。

当然也有少数人，忙碌既不为得到，亦不为消耗，而是随心所欲。一时兴起，或许通宵达旦地忙碌；陡然兴灭，或许优哉游哉地逍遥。并无目的，但凭心境。

大千世界，忙忙碌碌的身影中，哪一个可能是我，我或将是哪一个？

战胜荒芜

口渴的时候，我们知道痛饮一番，会无比爽快；腹饥的时候，我们知道饱餐一顿，会十分满足。然而，心荒的时候，我们却不知如何是好。

心荒，顾名思义，是心的荒芜。心荒与地位无关，与财富无干。那些在深夜里狂欢买醉、在无人处沉重叹息的人，心中一定杂草丛生，枯枝纵横了。

陶渊明心中有个落英缤纷的桃花源，苏东坡心中有个无往不乐的超然台，张岱心中有个白雪纷飞的湖心亭，那是他们自己营造的美妙世界，丰富多彩，趣味横生，足以慰风尘，当可寄深情，所以他们心中是永远不会荒凉的。我们心中有什么呢？似乎满满当当，实则空无一物。恰如那海市蜃楼，看似气势磅礴，但定睛一瞧，不过尘埃雾气，一片虚无。所以，无论我们眼中看到的是多么富庶的原野，都不能忘却开垦一畦丰沛的心田，种下哪怕几粒普通的种子，也许就能打破经年荒寂，营造出一个果菜芬芳的园囿。

收心敛神

有时候还是得将眼中的神光稍微内敛一下，否则看清了世界万物，大到毁人之国的阴谋，小到漂浮空中的尘埃，哪还能安心地早出晚归、笑骂如常呢？杞人忧天，或许不是因为杞人无知，而是因为他思虑过度。天地将塌陷，我们固然肉身难支；世界如毁灭，我们如何力挽狂澜？

更多的时候回归日常，抬头看悠悠云行，俯身闻淡淡花香，风一样赶赴聚会，星一般散落四方。不要轻易地极目远眺，更无须慷慨地拔剑击柱。在一个个大同小异的日子里，凝神静气地生活就行。和风起处，柳叶飞扬；雁字回时，月满西楼。还有什么比与时间相安无事、与空间融为一体更好呢？不是不可以洞穿，不是不可以神驰，只是需要具备把持心性的定力。如果不能达到收发自如的程度，最好敛眼神、收心神，一任身形畅游四海。

在各自的世界放光

年轻的时候所求甚多，可惜不懂方法，所以总是事倍功半。年纪大了，看清了奥妙，学会了诀窍，知道力求后必有所获，可是低头细思，竟觉世上诸事并无可值一求者。得之不喜，失之无忧，说明于己可有可无。既是两可，求之法妙与否就失去了根本意义。

人生就是这么奇妙，当年奋不顾身、非取不可，徒恨手段少耳。如今眼中无物、一心不起，徒有招数罢了。这似乎与年龄无关，有些人越老情越浓，有些人越老性越淡。正如一个人的欲望不会因年龄增长而自然减少，一个人的胸怀也不会因年龄增长而必然开阔。这似乎与财富也无关，有人富有着却求金山，有人贫穷着却只需果腹。不论穷人富人都有永不满足者，也有心满意足者。我只能归因于境界了，当天地宇宙都在胸中装着的时候，一草一木自然微乎其微；当历史长河都在心中流过的时候，一日一夜犹如电光石火。

以此而论，当少数人觉得尘世间无所可求之时，多数人还是兴致勃勃地广搜博求，又有什么好奇怪的呢！白天不懂夜的黑，夜也同样不懂白天的光明。且在各自的世界黑或光明着吧！

青春森林

我的青春曾如森林一般茂盛。豪迈地挡风遮雨，浪漫地聚雾停云。鸟来自四方，经久不息地歌唱，常将快乐送抵闻者的心田，偶尔哀而不伤的抒情，亦令人耸然动容。河流经石罅，清澈可鉴。云似水中漂，鱼若无所依。细风蹑履，微波荡漾。这一湾静谧曾让多少朋友温馨过、澄澈过。花遍地盛开，香绕林间，破空远扬，色泽艳丽，夺人心魄。不仅昭示着勃勃生机，更演绎着楚楚动人。所有人间的美好，都在我茂盛如森林的青春中汇聚，我一度富丽而华贵，盛大而辽阔。

可如今我的青春森林遭遇了萧飒的秋风，日渐青黄不接，稀疏寥落。每个日子的无声流逝，于我，恰如一棵参天大树轰然倒塌。我想阻挡岁月的刀锯，可力有未逮，只能眼睁睁看着一棵一棵的大树倒下，成片成片的树林萎缩。那些平添森林韵味的群鸟、河流、花草，一一落寞消隐。我一次次故烧红烛，强留晚照，只希望我森林般的青春慢点退化。我当然知道，我的青春森林终将被时光夷为平地，所以我开始拓心为湖，不再以茂盛为长，而将以深阔见著。

好恶不一

人的好恶实在差距太大。比如酒，有人将其视为琼浆玉液，美味难舍；有人却把它当成苦水毒药，难以下咽。一个相貌平平的女子，在情人眼里可能赛过西施；而一个相貌堂堂的男人，在更重才情的异性眼中可能粗鄙不堪。事实上，不仅人的味觉、听觉、视觉千差万别，连对权势、财富的感觉也并非千篇一律。虽然人大都向往权力，普遍喜欢钱财，但也有人不屑于王位，视钱财如粪土。伯夷、务光以王位为负担，拼命要逃到山野做个无人知晓的隐士；刘邦、项羽为了雄霸天下，一定要争个你死我活。陶朱公屡次散尽万贯家财，只为恢复平常人的身份；石崇非要敛尽金银珠宝，努力成为天下首富。

好在人各有好恶，所以才会用情不一。否则都以酒为上品，岂非天下都是醉汉；都以钱财为重，岂非天下都是商人；而以自由为宝，岂非天下都是流浪汉？

生命最宝贵

在宝贵的生命面前，一切宝贵的东西都显得黯然无光。金银珠玉、香车高屋，固然华贵；理想志向、情感友谊，当然高贵，但都不及生命贵重。没有了园囿，哪来的百花齐放；没有了江海，哪来的百舸争流？生命正是那孕育百花的园囿，正是那承载百舸的江海。依附于勃发的生命，生活才会丰盈起来，未来才会生动起来。

我们习惯于用最宝贵的生命去换取看似宝贵的权势财富、事业前途，到头来一清点，发现实在是得不偿失。点石成金，这是谁都希望拥有的魔力；化银为水，这是谁都不愿遭遇的霉运。然而在现实中，我们恰恰做着以金子般的生命置换废铁般的名利这种极不合算的生意，还沾沾自喜，自以为得计。当生命消失了，只有借助生命才会放光的那些附着系数将尽数瓦解冰消。生命至上，这是我们需要始终遵循的法则，任何有碍于生命完好、阻挡生命怒放的物事，都要坚决摒弃或破除。总之，我们的第一要务，是要千方百计地保护好生命这一水源，唯其如此，才可能有江河纵横的人生。

格局各异

站立在方寸之间，施展不开手脚，我们一定会觉得局促烦闷；奔驰于广袤草原，可以信马由缰，我们当然会心胸辽阔。空间对我们的身体构成巨大的约束，却对我们的思想毫无影响。也许居于斗室，思想却在天地间遨游，去历史上探胜。而行走于旷野，思想却幽禁于井底洞穴，丝毫动弹不得。有些人的思想经过长期的禁锢，已经懒惰腐朽，即使照以热烈阳光，导以新鲜空气，也难以重新发芽萌动。有些人不管何时何地，都没有停止思想的运行，可高可低，忽远忽近，因为一直磨砺，所以从来锋利。道德的钢架、俗规的铁笼，只能用来囚禁凡夫的思想，却无法阻挡强者的思想穿透。然而思想凝固者，却总是难以理解思想流动者，正如“决起而飞，抢榆枋而止”的蜩与学鸠，却要嘲笑“水击三千里，抟扶摇而上者九万里”徙于南冥的鲲鹏。人之为生物，身体发肤大体相似；人而为人，思想境界却相去十万八千里。

回到过去

我并不介意回到一贫如洗的过去，只要我再年轻一回，而父母依然健在。我在那些蜿蜒的山路上赶路，上学或者砍柴，花在我身边灿烂地绽放，小河中蛙声一片。我其实心中充满快乐，和空中那些上下翻飞的鸟儿一样。有无数种关于未来的设想在我脑海里闪现，想到将来我要去一一印证，我便心怀憧憬。

虽然我衣衫破旧，头发凌乱，但我并不觉得有碍观瞻。将来一定有一天，我会衣着整洁，形容整肃，而且受人尊重。因为我心中有梦，而且我一直在快乐并自信地逐梦。那时父母早出晚归，日子平淡无奇，在仲夏的夜晚，我们一起枕月而眠；在下雪的午后，我们一起围炉打盹。那些平常时光，原来是最为宝贵的记忆，我后来常细细咀嚼以减缓对父母的思念之痛。

事实上，经过多年的努力，我似乎也没有取得什么差强人意的成就。但我仍愿倾我所有，换我普通平凡、慈爱朴素的双亲，换我无忧无虑、生机勃勃的少年时光。

惜时

生命宝贵，这点谁都不否定。而生命的具体体现是一段一段的时光，人们对生命敬畏且珍惜，却对每段时光并不在意，似乎是觉得取之不尽用之不竭，可以任性挥霍。那些毫无价值的应酬、不切实际的幻想、解决不了问题的会议、缺少操作性的空谈、没有任何结果的争论，这些都是吸时海绵，也是谋害生命的钝刀。因为杀而不死，所以人们偶有痛感，随即忘却，在麻木不仁中依然如故。

一个尊重生命的人，一定不会无端地消耗时光。他宁愿被人误解为狂傲，也不愿参加无聊的应酬；宁愿被人责备不懂规矩，也不愿出席没有效率的会议；宁愿向前迈出哪怕一步，也不愿漫无边际地空想；宁愿被人视为凡夫常人，也不愿与人作无谓的争论。迁就了别人，消磨了自己的时光，无异于挥刀自残。然而，放眼望去，言生命宝贵者多，真正爱惜时光者却少。在那些肆意挥霍时光者心中，生命似乎与时光并无必然的逻辑关系。所以，还是尽量离他们远点，以免被他们自戕的刀剑误伤。

思念江南秋天

久居东南一隅，我颇有些想念江南秋天的意味了。风起于青萍之末，带着些水中凉意，穿林打叶，破空而来。阳光淡了热度，漂浮在广场原野，有轻抚之柔而无尖锐之痛。天空突然高远起来，雁行频频，声音清晰可闻，翅膀舞动的节奏强烈而逼真。树叶一片金黄，像童话世界的背景，相对于春天里的勃勃生机，它此时更着重展示其生命的丰硕。花虽然大多谢了，但余香袅袅，引无数蜂蝶起舞。秋高气爽，这其实是万物最饱满的季节，是人们最舒展的时刻。

也有秋雨绵绵之时，梧桐落叶，芭蕉垂枝，江湖澄澈，清泉细流。萧飒之意、清凉之气，在花草树木中汇聚，在繁华事散后最浓。当时已黄昏，兴已阑珊，情已冷漠，任谁都有一叹：天凉好个秋。

在人生进入秋季之时，我越发怀念江南的秋天了，“秋阴不散霜飞晚，留得枯荷听雨声”是一种风景，“晴空一鹤排云上，便引诗情到碧霄”是一种趣味，“月落乌啼霜满天，江枫渔火对愁眠”是一种意蕴，“最是秋风管闲事，红他枫叶白人头”是一种慨叹。是时候重回江南，重温秋天了，我要“一曲高歌一樽酒，一人独钓一江秋”，然后醉卧不知白日暮，枯草丛中枕石眠。

故乡的菜园

每次读到“青青园中葵，朝露待日晞”，我总有一种亲切感，脑中定会浮现少时常去的菜园。我家的菜园只在百米开外，父母给它取了个特别的名字叫“灶下园”，许是因为可随时采摘菜蔬置之灶下之故。我常即时奉命前去园中拣选，盈掬而返，即煮即食，新鲜至极。

现在想来，菜园其实并不大，充其量不过百十平方米，共有菜地四畦，分别种着不同的果菜。辣椒茄子是当然的主角，必占一畦。结果时红的紫的，绮丽灿烂。蔬菜视季节而换，或是白菜、空心菜，或是包菜、卷心菜，理所当然地拥有一席之地，而且一年四季都是一片绿色。必有一畦菜地留给带藤条的果蔬，比如黄瓜、豆角、苦瓜、扁豆，竖起几排竹篱，果菜的藤条沿之攀升，果实便累累下垂。竹篱之下，常种西瓜、香瓜，如此空中地上，皆见硕果。另有一畦菜地，是百家争鸣之所，香葱、大蒜、芹菜等不一而足，多是用来作调料的品类，虽然数量有限，但也争奇斗艳，各自表达。

园中果蔬并不繁富，却应有尽有，进得园去，总有让人流连之处。风雨之朝，月明之夜，瓜果飘香，沁人心脾。始信谢灵运之言不虚，陶渊明之情不假。自离故乡，园圃渐废，果菜无存。再也不曾亲手种菜，俯身摘瓜。我多想再看到“阳春布德泽，万物生光辉”的情景，我多想再体味“荷风送香气，竹露滴清响”的意境。

故乡

家乡在江南的农村，印象中总是蓝天白云，生气勃勃，炊烟袅袅，决计没有鲁迅笔下苍黄天底下横着的萧索荒村的苍凉味道。虽是穷巷，却有牛羊缓缓而归；虽是野老，却彼此情感依依。院前院后，郁郁葱葱的都是果树，定不会如鲁迅的院子，只有两棵果树，“一株是枣树，还有一株也是枣树”。我们农村的习惯，院中果树或有雷同，但决不会只此一种，不及其余。必是桃李芬芳，梨枣争艳，春晚之时，风雨之朝，红花绿叶，片片旋舞，徐徐落地，姿态玄妙，美不可言。

其时村中谁最欢，当然是我们这群上天遁地攀房揭瓦的少年。折花不惜花，采果每盈握。味是纯味，趣是野趣。现在忆起，似乎灵魂仍能得到涤荡。那时最大的诱惑，莫过于爬树摘果。因为每家的前庭后院都有果树，所以我们成群结队相约而行，有人上树，有人捡果。最后分而食之，快乐回家。那些随性而扔的桃核、不择地而吐的李子，不意在泥土的哺育之下、在春气的鼓荡之下，居然破土发芽，茁壮成枝。于是，我们又多了一个乐趣，就是把在原野山脚肆意生长的野果树，移植到我们自己的微型果园当中，一排排一列列，繁茂苍翠，欢然成长。在大人们的指点下，我们在树高数尺后又将其一一重种，间隔甚远，以予其合抱参天所必需之空间。乐在其中，思亦在其中。

此后数十年，在城市间漂流迁徙，人生就像吃果吐核，而随之便有勃然的果苗横生，择所好者移植庭前，悉心培育，今已亭亭如盖。偶回家乡，果树已凋零，却在心中益发地茂密蓊郁。

宁静

我喜欢这种宁静，窗台前偶有蝴蝶慢慢舞过，微风中飘着阵阵玫瑰香味，操场上隐隐传来球击地板的声音。手中的书将坠未坠，耳中的歌时断时续，蒙眬的眼似睁非睁。李白独坐于敬亭山前，看着“众鸟高飞尽，孤云独去闲”；王维微步于辋川庄，听到“人闲桂花落，夜静春山空”；王籍漫游于若耶溪，顿觉“蝉噪林愈静，鸟鸣山更幽”；孟浩然宿于建德江，体味“野旷天低树，江清月近人”；常建进入破山寺后禅院，立感“万籁此俱寂，但余钟磬音”。他们当时眼中耳中心中之宁静，我似有所悟，欣然独享。

迫于生计，有时我们要纵身人海，陷身俗务，在热闹地放言，在繁华处狂歌。时间久了，很多人就再也看不到那一树一树的花，那一卷一卷的云；听不到那纯粹清迈的鸟鸣，那荡气回肠的松涛；更品不到那朴素无华的情感，至简至淡的生活。

所以，我乐于独坐独行，于无所事事中无所思虑。只单纯地享受这份宁静，至于组成我宁静意境的元素中，是否有野菊花开放，是否有长尾鸢飞过，是否有山泉水汩流，我其实并不在意。当然，“太平无事，四边宁静狼烟眇”是我始终的寄望。

无酒而醉

可惜我实在不胜酒力，否则我一定置一夜光水晶杯，携一壶葡萄美酒，觅一处亭台楼阁，在素月清辉下，作长夜之饮。啸聚高堂，觥筹交错，其实早已失了饮酒的真味。邀明月清风，对浩浩长空，自斟自酌，别有一番滋味在心头。花有清香，树有淡影，自然近在咫尺，丝竹管弦离得远了，始知山水有清音。

无须痛饮酒，我一样醉在沉睡的花草旁，看夜色朦胧，灯火阑珊。山径人踪灭，林间鸟声绝。这时，此地，皆属我；仰卧，端坐，但只随意。我知道，我挽不住明月，留不下繁花。我只是想一个人醒着，在这寂静的世界，真切地体会时光漫流的声音。那些思想粗糙的人，当然看不到岁月的纹理，表面的豪放，也掩饰不了内心的苍白，他们缺少忧伤这种触及灵魂的禀性。不是每个人都天生能够触景生情，我庆幸我有与万物通灵的能力，莫名地为春萌动，无由地为秋寥落。而今夜，我又一次喜柔条芳枝，感朗月长风，久久不忍入睡。

人生巅峰

有些人一直行色匆匆奋力前行，只是为了早早地到达人生的巅峰，去体验一生中最伟大的高光时刻。每个人心中的巅峰当然不同，有的是要成为身价亿万的富翁，有的是要成为位居要津的高官，有的是要成为万人瞩目的明星，有的是要成为著作等身的学者。也有些人目标并不高远，理想并不宏大，孩子接到大学录取通知书的那一刻，从出租房搬到属于自己新居的那一刻，平静退休开启自由新生活的那一刻，教过的学生突然成群结队探望自己的那一刻，都将令他们心怀感激，热泪盈眶，深觉人生值得。

无论人生的巅峰在哪里，也许真的是前无古人的高地，也许只是人家开始出发的地方。到达的那一刻是短暂的，而去往的过程是漫长的。人生如果只是专注于成功的那一瞬，却忽略在路上的长久潜行，就变得理性功利，毫无意趣内涵可言了。某种程度上讲，只要行程历历在目，终点在此在彼无关紧要。最好的人生，其实是缓慢悠然地攀升，却始终没有到达所谓光辉的顶点。什么时候生命戛然而止，就在那里置碑刻石，以作巅峰标志。

忽略的亲人

何谓亲人？就是那些经常在我们眼底下晃着却被我们视而不见的人，经常与我们通着电话却被我们听而不闻的人。多说一句都嫌啰唆絮叨，关怀一声都觉多此一举。我们既不愿意与之倾吐心声，更不愿意与之共商未来。在外面我们或许呼朋唤友纵情狂欢，回家后却可能独自忙碌不发一言。即便于惊涛骇浪之中，肝胆皆裂之余，推开家门，我们也会故作镇定，像平常一样，若无其事地饮茶默坐，并不将内心的烦忧宣之于口。我们早已习惯彼此如常日子如昨，一切照旧，时光缓流，甚至那些眼角渐起的皱纹、鬓角渐白的发丝，也不愿仔细审视。只望这种波澜不惊的生活，永恒地流淌；若有若无的亲情，淡淡地存在。

当变故惊现，平常非常，亲人的一切都将令我们辗转反侧，心神不定。病痛的呻吟声声入耳，危险的征兆阵阵揪心，平时迟钝的神经刹那变得敏感，平时隐遁的情感顿时变得热烈，身心都开启了一级战备状态，破闸而泻的亲情亲意不可抑制。平静日久，连我们自己都不知道，看似淡然的心绪下，其实荡漾着火热的情意，正如那坚硬的花岗岩下，其实奔涌着燃烧的岩浆。

揽镜自照

宋人杨万里《玉山道中》云：“青山自负无尘色，终日殷勤照碧溪。”将青山比作一尘不染的世外隐士，以清溪为镜，左顾右盼，欣然于自身的高洁拔俗。虽有强作解人之嫌，但未始不准确贴切。青山之中，绿树成荫，竹箭丛生，花草繁茂，即便有红尘嚣嚣，一入此等山中，亦被净化降解，不落痕迹。焉能不经年一碧如洗，清新自然！照着碧溪，当然是毫无愧色，志得意满的。

换作我们，揽镜一照，必是满面尘灰烟火色。整日里在红尘里挣扎，在现实中煎熬，脸上固然有风尘之色，心中亦不乏怆然之感。不必以清溪为镜，彼此对照，便知在俗世陷得有多深，离初心偏得有多远。

我们有时还是得学学青山绿水，傲然不染纤尘。确切地说，是要学学杨万里，即使身在名利场，活在富贵乡，依然心中留有余地，那里冰般透明雪般晶莹。所以，任何时候揽镜自照，他都可以无愧于心。

来日无多

冀望未来时，我们总是从容稳健地说道“来日方长”。其实从客观实际或者悲观态度出发，是“来日无多”，因为日子只会越过越少，绝不可能越来越长。而且令人痛惜的是，越是年轻，越觉得时光悠长；人到中年以后，便觉日月如梭了。人生就像读一本厚厚的哲学书，前面读起来很慢，一旦进入其中的思想体系，翻起来就很快，不知不觉就到了掩卷合册的时候。

自古以来，很多敏感的文人雅士就感叹时光飞逝，余日无多，大声疾呼：“昼短苦夜长，何不秉烛游？”王羲之更是沉痛地叹息：“况修短随化，终期于尽！”古人云：“死生亦大矣。”岂不痛哉！然而，不管怎么惋惜挽留，时光终要流尽，人生终要翻完。少时可以“来日方长”自慰，老来岂能不知“来日无多”！所以，越是到了晚年，越要集中时间火力，朝着一个方向扫射，或许还能实现人生突围。那些自觉来日方长的人，始终强作镇定，不愿面对来日无多的事实，终不免要措手不及，束手无策。对于老去，还是冷峻地未雨绸缪的好，否则容易被苍凉悲怆一击而倒。

幻化

人有时候需要跃入一个真空地带，将身上负载的一切卸于世外。情感绝缘，尘事阻断，欲望淡忘，徒留一分木真。在山水之间洗心革面，在云雨之下返璞归真。这一刻，你可以幻化成泥盆纪中的一尾鱼，见证海枯石烂，板块隆起；你也可以幻化成那一树繁花中的任何一朵，于无人处自芳自落。当然，你也可以幻化成一片云，以湖水为镜，孤芳自赏。总之，你最好不要做以前的你，在热切盼望中焦虑，在冷漠势利中沉沦。

让精神在风中懈怠，让思想在光里发散。心之所向，素履而往，不顾远近高低，不计得失成败。像山雨一样忽发忽收，或者如湖水一般如如不动。无人指使，无人叨扰，甚至连你自己都不唤醒自己。没有时间，不知何地，只是淡淡的喜悦盈怀，微微的笑容荡漾。这时的世界便是那田园中一垄一垄的梯田，要么就是那山坡上一片一片的竹海，再不就是那沟溪里一群一群的小鱼。天地突然小了，只剩下你和烟云竹树、花鸟鱼虫，你和他们对话，不需用语言，只要用眼神。甚至无用深思，你便明白了所有自然发出的信号，然后沉浸在悠然心会的愉悦之中。

遗憾的是，怎么纵身跃入的，终究还是要如法跃出，只是自卸的那些陈腐物件，就不要再顺手套在身上了。

唯自己可依

一切都要靠自己，从小父母就这样告诫我。其实他们话虽如此，却竭尽了最后一丝力气，将身板挺直到无以复加处，为了让我能站在他们的肩头，尽可能够着最高的地方。尽管我所能触及者，或为他人之迈步处，然于父母，已燃尽了所有的爱意，这足令我温暖终生。靠自己，秉持这一宝贵叮咛，兼携少年之锐气，我竟也能披荆斩棘，不败于世俗。

然越是深入生活，越是容易沦陷于生活。渐渐地，竟有所期待，期待天上掉馅饼，期待路人施援手，期待命运巧安排。无疑，这都属于天方夜谭。唯有自己，最值得期待，最值得依赖。使一份力，成一份事；积一份财，涨一份富。也许缓慢，但最牢靠。我亲眼见证了倏忽间大厦成、陡然间大厦倾的人间悲剧，不是一砖一瓦地亲手累积建造，建起来时有多雄伟，倒下去时就有多惨烈。

其实，父母把我送到什么高度并不重要，关键是传承了唯靠自己的无价理念。什么时候照做了，则福泽自至；什么时候丢失了，则颗粒无收。这么多年我屡试不爽，看来只要坚持，剩下的交给上天就好，必有公平回报。

依然故我

我时常想，如果我当时选择的不是这座沿海城市，而是一座依山城市，生活将是一种怎样的情境。当然，我依然会结识一帮朋友，与他们经常相约饮酒吟诗，或者彼此解决遇到的难处。我固然会奋发进取，于三千弱水中力取一瓢，让我的生活无虞，亲人平安。我在那里成家立业，一如现在。和我的同事们相安无事，偶有摩擦，亦属杯中风波。也许我会向往大海，崇尚一望无际，正像现在我向往大山，崇尚巍峨挺拔。自然也会更多地欣赏到出岫之云、倦飞之鸟，而不是现在的席卷之浪、远洋之帆。

然而，这并没有什么本质的不同，我还是会本着“物以类聚，人以群分”的原则挑选朋友，本着有所为有所不为的原则取舍事业，本着“得之不喜，失之不忧”的原则对待生活。只是住着的望海楼换成依山居而已，只是南方的朋友换成北方的朋友而已，而我自己，并不会因为山海易位、城市变换而演变成另外一个我，少了些许善良，减了半分傲然，缺了一丝豪情。那么，此后余生，到天南或者去海北，似乎并无任何阻碍，我必依然故我，朋友或许从张三变作李四，但还是那类人。

精神解放

我们需要常让精神呼吸新鲜空气，正如我们出去旅行让身体得到放松。脚步囿于庭院，活动限于一城，日子久了，我们便会生发出去看看的念头，流连于高山流水之间，沉湎于名胜古迹之中，看起来似乎是休养身体，实则是解脱思想。

一直生活在一个城市，耕耘于某个领域，面对着同样一群人，重复着类似的工作，慢慢地，我们的灵魂之光就要暗淡，我们的本原之气就要微弱，再整饬的街道也只是背景，再葱郁的树木也只是图画，并不能丝毫有益于精神的脱锈。所以，有人背起行囊远行，有人放弃财富隐居，不是为了寻求新鲜刺激，而是为了瓦解窒息。要知道，精神上的凝固，比身体上的病残更不可救药。

一定要为自己浇灌自由之源，催发精神之花不定时不择地而绽放。当然，远不止自放于山野之间、陌生城乡一途，忘情平凡生活亦是焕发精神之方，独立小桥、披文书斋未尝不是佳法。总之，清除一切精神羁绊的有效方式都值得大力尝试。

除非尸位素餐地活着，否则既有精神，为何不“时时勤拂拭，勿使惹尘埃”？一个活生生的人，难不成眼睁睁让蜘蛛画网，小鸟做窠，自甘陈旧腐朽？不管以何种方法，精神救赎是必不可少的人生常态。

洗心滤神

置身鳞次栉比的“钢铁森林”之中，我不由自主地倾斜着身躯，下意识地躲避着那股无形的压力。虽然放眼望去，气势磅礴的楼宇令人目眩神摇，由衷感叹人类的伟大，但它们切割天空，阻碍风云的恢宏与森严，又令人心生怯意，不时泛起逃离之念。在这个漠然的空间里移动，即使手头无事，心中亦不免常有负累之感。久了，便要吴牛喘月，必须饮之以清风，照之以明月，才能稍许阴阳平衡。

漫步桃林李园则截然不同。要么春色满眼，要么果香扑鼻，风徐徐而来，水潺潺而过，鸟啄着甜果，不时放声歌唱；蜂采着花蜜，偶尔翩然起舞。远处有山巍然耸立，近处有亭翼然挺立。云以曼妙的身姿飘过，霞以蔚然的色彩摇曳。那一树一树的繁花、一树一树的桃李，凝结了天地灵气，饱啜了日月精华，像诗，如玉，飞入我的眼帘，掉进我的心田。我绷紧的情绪瞬间瓦解，久积的疑虑顿时冰消。毋需作任何的开解，有满野满野的花草，有满溪满溪的青荇，足以抚平任何愤懑。

于是，我与自己达成不期之约，当我身手局促、心绪紊乱之时，一定要去往园林花苑中，漫无目的地信步，或者一丝不苟地数星，而真正的意图，当然是洗心，滤神。

永在路上

你只看到我转身而去时坚决的背影，还有我一路欢快的步伐，却没有看到我眼中噙满泪水，更没感受到我内心痛苦的挣扎，所以你一定以为我从来都无所顾虑，天生就云淡风轻。其实我一度疑窦重重，心怀怅惘，正如崔涂眼中的孤雁："渚云低暗度，关月冷相随。未必逢矰缴，孤飞自可疑。"即使现在，我仍然常有忧时之感、身世之叹，因为人生的意义到底何在，迄今没有人给出让所有人叹服的解答，作为凡夫，我又如何能一眼看穿世界，做一个生命的智慧解人呢？

但是，我喜欢庄子的"曳尾于涂中"，所以我不惜毕生都在路上。凡有终极目的地者，皆非我所愿，这也就注定要不断地毅然离去，永远身处"未济"之中。这种决不定格的方式，与在在处处形成的习惯，是势不两立的死敌。在破除中重建，重建后又破除，需要源源不断的勇气，而勇气是因为内心的强大。我边走边质疑，也边走边从容，在跨越俗世藩篱中，勇气渐生，智慧初现。不管你凝视我的背影，还是审视我的眼神，我都希望，你会发现其中有山的沉默，有水的平静。什么时候你明显意识到，我临事意态淡远，无事神完气足，那我就真的与众不同了。

精神引领

如果我们对自己的生存状态感到不满，说明我们的生活质量其实在下降，不管我们是多么的富有和得势。过去我们集体贫穷，几乎人人都渴望物质的丰富，但并不牢骚满腹、心怀怨恨，而是奋发有为、昂扬向上。显而易见，精神状态才是决定我们生活状态的核心因素。精神当然不必非要自贫穷中提炼，但富有也不是必然产生精神的土壤，精神一定是来自内心深处的怡然自得和沛然自足，具有渗透性和由衷性，充满穿透力与感染力。

那些色厉内荏的人是没有精神可言的，只有源源不断的戾气汩汩冒出。那些外强中干的人同样精神嗒然若丧，只有游丝般的虚气时断时续。人前的尊荣消解不了人后的空虚，暂时的得意也无法阻止最终的落寞，精既不存，神更寂灭。只有那些思想充盈、底蕴十足的人，才能精神抖擞、目光湛然，给人活力四射、生命永续之感。

遗憾的是，放眼四望，气定神闲的人实在难得一见，要么精弱，要么神缺，或汲汲于事，或戚戚于命。有些人都对自己的生存状态表示不满，却又放纵物欲糜烂的精神，不愿稍作培本固元的努力，长此以往，当然本就稀薄的精神就更加荡然无存了。

降服心魔

近来闲观徐克导演的电影《狄仁杰之四大天王》，对其中一个镜头印象颇为深刻。封魔族族长无脸侯运用幻术，将魔轮死死缠住佛门弟子圆测的头部，结果圆测不为幻象心动，魔轮寸寸断裂。徐克想告诉大家的是，只要你的心如如不动，一切幻术将自行息灭。

历史上，圆测是唯识宗的大师，与窥基同为唐玄奘的弟子，深得其真传。唯识宗认为世界“一切唯心造”，“唯心所现，唯识所变”，所以唯识可以破除一切幻象，封魔族的幻术自然不在话下。

活在尘世，像魔轮一样捆绑束缚我们的框架实在太多，而这些框架往往是我们自己作茧自缚。各种观念旧制、人情规范，随着历史的变迁，其实早已不合时宜，而我们依然抱残守缺，作为一种习惯陈陈相因，只知一味继承，却从不考究其合理性，结果让捆在自己身上的绳索越来越多，越来越紧。

尝读陶渊明诗“采菊东篱下，悠然见南山”，若翻译成现在语言，无非是平常话语：在东篱下采摘菊花，一抬头却看见了南山。淡乎寡味！然而细细品味，却有无穷真意在其中。南山始终在那里，为何忽然映入眼帘，因为此时心中悠然了，超脱了，平时视而不见的南山，才赫然显现。何以知道心灵轻盈放松了？在东篱下采菊的闲情便是绝好的说明。

想通了的陶渊明与悟透了的圆测大师，都是战胜了心魔的高人，世上的一切幻象在他们面前都将土崩瓦解，正如无脸侯的魔轮在圆测大师的头上碎如齑粉。

突然加速的岁月

我们一度时间富裕得想拿去销售，但觉岁月悠然缓慢，恰如秋天远空的云卷，大半天就是飘不过一个湖泊。昼长夜也长，晌午的日光始终不移，黎明的晨曦迟迟不至。白天和夜晚做着同一件事，那就是读书学习，单调而重复。上下课的铃声切割着上午下午，然而碎片化后的时间依然难度。体育课时不停地测着身高，却老是不见长，像时间一样停滞不动。无数次在梦中拔节，希望一夜具备走入社会的资格。现在想来，那是多么美好而富有潜力的人生阶段，只是当时却惘然。

我们也必然有一段日月如梭的岁月，恨不得拽着时针倒转，或者，用我们拥有的房子、车子典当些时光细细花销。曾经一步三顾的岁月，这时却大步流星地跨越，甚至不动声色地飞越。朝日刚刚破云而出，转眼成了西下的夕阳。杨柳昨日还鹅黄嫩绿，今日就落叶纷纭。眼看着青丝变白，不觉间直腰变弯。到了此处，谁还敢说自己富有，一车黄金也买不到一寸光阴。那些自以为没有饶过岁月的人，不过是尚未意识到自己的浅薄罢了。

岁月像极了火车的车轮，初时缓慢移动，渐渐地飞转起来，乃至只见一片光影，我们在岁月的笼盖下发芽、勃发，最后枯萎。珍惜是我们与它和解的唯一应有态度。

寂寂深夜

家在青山绿水之间，是向之所愿。几经迁徙，终得稍稍如愿。尽管出入有些迂徐，就学并不方便，但就那一缕宁静，亦足令我感到人间值得。是以每每忙碌一天返回，便不愿再出去应酬奔驰。仿佛一步入那片山林之中，便脱离了喧嚣俗世，一头扎进了属于自己的个人世界。

确实，待一切必经的生活程序走完，往躺椅上随意一歪，送夕阳，迎素月，闻花香，听鸟语，任择闲书一本，一目十行，观其大略。或者一字一句，反复诵读，沉浸于无人之境，畅游于学海之中，不亦快哉！

夜并不死寂，而是天籁之音隐隐相和。鸟儿当然是永不谢幕的歌唱家，虫声唧唧，蛙鸣阵阵，都是天然的合唱演奏。风掠过树梢，月惊动眠蝉，都是自然的和声。

在美妙的音乐中，偶有犬吠幽幽传来，在深夜时更显寂静，可惜并无他犬回应，虽然得不到附和，它并不沮丧，仍然一声一声耐心地叫着，有时从夜里直到天明，让人听了无端地生起淡淡的凄切感伤之意。

犬吠，是因为找不到同类；而人寂，则是因为同类众多却找不到同道。

心流

幸福是什么？估计千人有千答。著名心理学家米哈里教授认为，真正的幸福，是全身心投入一桩事物，达到忘我状态，并因此得到内心秩序和安宁的时刻。他将这一状态称为心流。他说，当今时代，每个人都将摄入大量不良信息，令其内心烦躁郁闷，只有全神专注于某个目标的时候，才会忘却、屏蔽那些恼人的琐事，进入心流状态。这就是为什么多数人觉得单调乏味的事，少数人却钻研得津津有味。比如写诗，比如科研。那些对世俗厌倦的人，走进艺术或科学的殿堂，最有可能获得惊人的成就，因为在那里，他们能得到内心的秩序与安宁。

培根曾引用一句俗语：“喜欢独居的人，不是野兽就是神。”独处不是沉迷于游戏、赌博，借助一些娱乐手段消磨时光，而是因为内心强大，无须混迹于群体，以热闹维系生活。凭着记忆中储存的资讯，便能自给自足，怡然自得。缺少独处，其实就缺少自我，缺少严肃庄重，也缺少韵律美感。善于独处的人，能够建立独立的内心系统，容易达到心流状态，也更接近于获得幸福感。

对于米哈里的心流理论，我深以为然。让我讶异的是，书中探讨的问题皆见于日常，而提出的妙解却出人意表，不得不承认，这是一本奇书。

成熟

成熟的一大重要标志，是平心静气地与一切既存的现实达成和解，但仍然坚持自己的秩序和节奏。和解并不是屈就和放弃，而是善于将一切不利因素尽可能压缩在极小的空间携带而行。正如一个内家高手，既然无法将毒素排出体外，就以内力将它逼聚于身体中无关紧要的部位，只要不危及性命即可。

年轻时我们总是追求完美，做人做事希望毫无瑕疵。然而人无完人，不是此处欠缺，便是彼处短板；事亦无法全人之意，总会有遗憾留待下次。其实这个世界除了美好，还有丑陋；除了正义，还有邪恶。不可能冰清玉洁，纯净如水。你无法只见到君子，而不接触小人；不能只碰到好事，而不遇见悲剧。正如我们的身体，到了一定的年龄，就得与疾病相伴而行，直到离开这个尘世。

成熟者不是疾恶如仇就要杀人遍野，不是追求健康就要壮士断腕，而是凭着坚韧不拔的意志、矢志不渝的决心，慢慢挤压消极阴暗面的生存空间，让它们虽然死缠烂打地尾随我们，却永远奈何不了我们。

得失如常

人在低谷的时候，风险是最小的，而在高光的时候，最容易折翼。低谷时，从外界来说，没人惦记，无人嫉恨，作为一个边缘化了的个体，存在感极低，那些毒刺脏水的应用者也要考虑成本问题，全部的黑武器招呼过去，如泥牛入海，当然毫无意义。所以，低谷时根本不用担心来自外部的陷害。从内心而言，跌入人生的底端，便自然要启动反思的程序，详计远近高低得失成败。于是，以前的缺点、弱点、盲点，都被发现并一一修补，这时反而变得无懈可击，一切来自外界的刀砍斧削，都在坚韧的心墙下缺口断刃。

危险伏于得志之时。福兮祸所伏，是不灭的真理。当你乘风破浪、一日千里的时候，那些暗滩隐礁随时可能让你粉身碎骨；当你展翅翱翔、鹰击长空的时候，那些暗箭明枪会纷纷向你投射而来。你疾驰而来，高飞而去，哪里会留意阴暗处的毒素，潮湿处的病菌，只想着在大海中劈波斩浪，在高空中搏击风云。内心既无防范，外部构陷迭起，折戟沉沙的结局便不可避免了。

所以，在低谷中奋起，并非善之善者；而在高光时如常，方为善之善者也。如常，则百毒不能侵，邪恶无所惧。

相去甚远的思想

无论男女，过了二十四五岁，身体便不再生长了。不同的是，有些人思想上也停滞了，有些人的思想却持续生长，直到离开人世。有太多的人告别书本就再也没摸过书了，所以思想永远和身体一样停留在二十四五岁的时候。只有少数人，思想在不断发育、成熟，一直都在吸收营养，逐渐成为一个思想巨人。只是思想魁伟者外表看不出来，不像姚明那样两米多的身材，像一座铁塔一般，一眼便可辨别。但只要不是十分愚钝，还是可以感受到思想巨人与众不同的厚度与高度。

我们常常欢聚雅集，身材固有高矮错落，但总体差距不大。而思想上的差别却有十万八千里，有些人的思想正如雨天路面的一洼积水，浅陋浑浊；有些人的思想却如八百里洞庭，浩瀚无边。故而同桌共饮也好，同朝为政也好，相差无几的躯体装着的是截然不同的灵魂。有些人思想停留在身体停止生长的地方，灵魂早就干涸枯竭。有些人思想超越了身体，益加生机勃发，灵魂自然是飞扬的。所谓的人以群分，大概是按照思想生长的年份而界定的吧！要勉强拉在一块儿是决计办不到的。

一任自然

整饬有序的人生虽然显得干净利落，却斧凿痕迹太重。正如经过修剪的花草，看起来十分美丽整齐，却显得生动不足，不像那些天然湿地或山坡，到处爬满了藤蔓，随意绽开着野花，一副漫不经心却又生机勃勃的模样。

有些人一辈子都过得很精确，人生分几步，青春划几段，到时便换挡。饮食有规定，睡眠必定时，绝不越雷池一步。甚至什么时候补妆，什么时候掸尘，皆有讲究。事业外交家庭形象，时时处处事事在在，都心存规范，行有方圆。

我敬重一切秩序井然的世界和生活，还有那些隐藏其中的规则意识、划一观念。可是我来自山水之间，自小受到了山林草木野蛮生长的影响，只愿肆意在旷野中吟啸，随意在大树下仰卧，惬意在月光中沉醉。我不愿规划我的人生和未来，岁月指引我到哪儿，性情推动我到哪儿，我便在那儿饶有兴趣地行走或者坐卧，一任如画场景在我眼前切换。为什么要掌控这个自然的境界呢？有长尾鸟进来，就让它尽情地飞翔；有大雷暴袭来，就让它尽情地震撼。本来嘛，天地者，万物之逆旅也；光阴者，百代之过客也。要相信所有的自然乱象中一定自有规律，所有的畅意人生中一定蕴含自在。

既实且巧

观武侠小说，武功修习有两个路子，一个是轻灵派，一个是实力派。轻灵派一般练的是擒拿点穴、轻功暗器，讲究个眼疾手快，拿捏到位，以巧取胜。实力派则多拳脚生风，开碑裂石，一身横练功夫，以势大力沉见长，灵巧俊逸不足。每个习武之人，都会根据自身的条件选择练武的路子。一般瘦弱灵活的人喜欢用第一种路子，孔武有力的人偏向于第二种路子。但要达到武学大师级的水准，既要具备扎实的功力，又要身法灵动，拙中藏巧，巧中寓拙。武侠小说中的世外高人，内力都非常浑厚，身法都十分灵活，内家心法、外家功夫都登峰造极。

世俗中为人其实和练武一样也有两种路子。轻灵派见缝插针左闪右躲，总能避重就轻，巧妙获利，没花什么力气，却每每达到最佳效果。很多人以为是他们运气好，其实是他们眼光犀利身手快捷，时机抓得准。实力派并不哗众取宠，更不投机取巧，但凭实力碾压，逢山过山，遇水架桥，以硬碰硬，即使自损八百，也要杀人一千。所以，结果是胜利的，目标是实现了，但有时会元气大伤，不像轻灵派来得轻松自如。但正如人身体有羸弱刚强之别，性情上也有机灵朴实之分，朴实者走轻灵的路子一定会弄巧成拙，机灵者走实力派的路子决计无法坚持。当然，顶尖高手一样可以融会贯通，智商情商双高，灵巧实力兼备。

经历后的淡然

一个吃够了山珍海味后恢复粗茶淡饭生活方式的人，与一个一生不知肉味从来都是粗茶淡饭地生活的人，虽然表面上看起来饮食相差无几，但前者是可以奢侈却选择了简朴，而且是经过了奢侈回归于简朴；后者是除了简朴别无选择，而且简朴之外并不知道什么是奢侈。两者不可同日而语。

一个经历过风浪、搏击过长空的人，逐渐趋于平淡，消失于众人的视线。另一人从未在舞台上闪耀，毕生并无起伏沉浮。两人似乎都简淡平常，并无区别。但当他们都感叹“天凉好个秋”的时候，后者是真在说着季节已到了颇有凉意的秋天了，而前者可能是意味深长地表达一种身世之感。绚烂后的平淡与从未绚烂过的平淡，有着本质的不同。

有人开玩笑说，现代的城里人喜欢步行，喜欢吃素，喜欢看云，喜欢折花，既然如此，当初何必非要努力挣扎着离开农村，混了几十年，还是过回了农村生活。其实，人生不过是一场穿行于阳光和风雨之中的旅程，当你回到阳光下，不能粗暴地断定风雨中的跋涉无关紧要。正是因为有了风雨的洗礼，才更会生发出对阳光的深情珍惜。未曾经历的一直如此，与经历后的原来如此，相差整整一个人生。

安度时光

时光太快，如梭似箭。太阳一起一落，一天就结束了；月亮一圆一缺，一月就结束了；季节一冷一热，一年就结束了；命运一沉一浮，一生就结束了。一天过去了，人们不过是若有所失，恰如富藏的宝物略有减损，并无大碍。一月过去了，人们也许会心头一颤，原来自己一直以为漫长的人生，也经不住多久如许的流失。一年过去了，人们开始意识到生命是如此的短暂，禁不住要感叹岁月的无情，天地的不仁。一生过去了，一切的成败得失、褒贬毁誉，都只能在别人的悼词中呈现，而逝者本身已与时光无关。

有些人感受不到时光的快，那是因为还年轻。正如一个千万富翁，损失个三万五万，不过九牛一毛，并不遗憾心痛。一旦感受到了，时光也就所剩无几了，内心不由得慌乱彷徨起来，就像面对大面积流失的肥沃土地，不知如何应对。上天很公平，给每个人一段时光，不增不减，任由消费，但既不许重复，亦不可反悔。于是，有人醉度时光，有人欢度时光，有人昏度时光，有人卧度时光，有人苦度时光，有人虚度时光，有人静度时光。没有人能搁置时光，却都有选择度过方式的权利。而我，只想在岁月静好中安度时光。

灵魂做主

我们每天以灵魂驾驭着外表在这个俗世往来穿梭，正如我们每天驾驭着汽车在城市乡村纵横奔驰。车当然有华丽平常之分，但并不能断定驾着宾利的就一定是富豪，也许是欠债者。坐在吉利中的或许不是常人，而是个学问家。同样，我们的外表有魁伟俊美者，有矮小平庸者。靓丽的外表下可能掩盖着肮脏的灵魂，而丑陋的外表下可能深藏着贵重的灵魂。外表是可视可感的，这让大多数人迷失其中。而灵魂必须触摸交融，才能分辨深刻还是浅陋，高贵还是低俗。

灵魂是心灵深处发出的光芒，是思想深处透出的灵气。那些有趣的灵魂时时处处都光芒四射，灵气四溢。有些人虽然长相一般，但你就是觉得他熠熠生辉，不可直视，那是因为他的内心灿烂，思想深刻，由内而外散发的智慧点亮了他的外表，让他变得通体透明，神采奕奕。那些恶俗的灵魂暗淡无光，浊气蔓延，即使外表富丽体面，也遮盖不住浑身散发的俗气。我们经常看到一些玉树临风者、袅袅婷婷者，不说话还好，一说话便露了底，将浅陋无知、庸俗低劣的本性一览无余地示之于人，原本尚可一观的外表突然变得狰狞可恶起来。一切都是灵魂惹的祸。可是，世人只知以千金装饰其外表，却不肯费须臾擦亮其灵魂。

丰沛的秋天

如果能够，我愿在这阳光敦厚、山水清癯的秋天多待一会儿，不必急于去看冬天的雪，盼春天的绿。我知道秋天会有落叶枯黄微霜满地，一湾溪水时断时续，归雁横天际，寒鸦鸣暮色。肃杀盈视，凉意四起。不知不觉的愁虑、油然而生的忧思，似乎都是秋天的应有之义。可我仍然对秋天情有独钟，不完全是因为它的天高地远，它的树叶金黄，它的四野清澈，更因为它的成熟丰沛，硕果满枝。一副瘦容清貌，洗尽了铅华，荡涤了喧嚣，却贮满着精气，充盈着香味。

在修长出尘的秋天漫步，不经意间便有林野之韵入耳，天地之律入心，以至于忘却之所从来，沉浸于无边无际的恬然洁净之中。人们喜欢把季节入秋比作人到中年，秋天是成熟的季节，也是收获的季节。而人到了中年，也是稳定的年龄，成就的年龄。二者确有相似之处，但天高云淡、宏远辽阔是秋季必有之特征，而人到中年，却未必有几人能清澈高洁，超然物外。

我虽然也喜欢春天让人欣喜的嫩绿，喜欢夏天让人澎湃的阳光，喜欢冬天让人凛然的冰雪，但我更喜欢秋天让人纯净的韵致。在秋天，我找到了与生命更加契合的底色，我想，剪一卷秋光，入我人生的画图，也许并不艳丽奢华，但一定清新隽永。

快乐生于无求

我知道，有些人脸上挂着一丝不苟的微笑，心中却苦得翻江倒海。笑在大多数时候并不代表快乐，而快乐也无须纵情欢笑。在这个满是怀疑和敌意的世界，谁能不佯笑着彼此示意呢？如果见到一个人很熟练地展颜，就习惯性地以为他一定开怀，那就大错特错了。每个人其实都在寻找快乐，却大都无果。快乐是一种悠然心会，是一种超然物外，是一种毫无挂碍。赏花与花盛开，读书与书沉静，阅人与人泯然，一旦着相，快乐就可能不翼而飞了。

我们常常鼓励自己要活得快乐，也祝福别人要过得快乐。诚然，站在人前，我们不时带着笑意，似乎藏着不少赏心乐事，无人时我们却惶惑不安，因为我们追寻的快乐杳无踪迹。于是，有些人借助景境，有些人纵浪诗酒，有些人托意情感，以获得哪怕短暂的快乐。这分明是抱薪救火，扬汤止沸，快乐过后是更加的苦涩，倒不如一直不知快乐的滋味。我以大半生的亲身体味和苦思冥想，得出一个结论，快乐是行踪飘忽、无影无踪的，就像那些身怀绝技的世外高人，认真去拜会，一定要扑空错过；不经意地路过，也许会不期而遇。所以，我开始行于所当行，而止于不可不止。于是，快乐生焉，多且长久。

观念的逆生长

随着年龄的增长，我们的观念陈旧腐朽的速度会越来越快。如果没有站在思想的云端，而仅站在物质的高点，也许再也不会诞生新的观念，或者观念一出现便已远远落后于时代。

不过，不断地接受新观念、刷新旧观念显然也不是什么好办法，即使快跑紧跟也永远赶不上趟，这世界变化太快了。最为重要的是具备制造新观念的能力，让自己成为新观念的源头，哪怕身体已苍老衰残，思想也仍然葱茏郁勃。

为什么每个时代都充斥着一群盲从者和呼应者，因为他们脑中没有思想的芯片，只好囫囵吞枣地植入他人的观念，缺乏自主创新的能力，注定要做别人的附庸，思想左右于人。一直以来，我都在仰望那些大师名家，以他们的观念为是非，不曾有丝毫怀疑。有一天我在努力尝试融会贯通之后，突然迸发出许多与其相左的想法，于是开始平视甚至审视他们，我当然依旧尊重他们作为学术前辈的形象，却对其观念展开理性批判。在怀疑和批判中，渐渐生发出观念创新的能力、思想建构的能力。如今人到中年，将来人到老年，也许观念上会人到青年，人到少年，成为一个始终保持锐利的人，实现巨大的生态逆转。

寒冷的好处

冷风突袭，夜陡然静默起来，鸟儿敛翅，虫儿收声，原本热闹的天地一时寂静起来。沉默的花草偃伏一隅，失去了往日艳丽。翠绿的竹树瑟瑟摇动，传递着阵阵寒意。犬吠声清幽深远，雨滴声穿林打叶。风在山水间纵横驰骋，在街巷中旋转飞舞，这个万物肃然的夜晚，是它欢欣雀跃的主场，每一寸土地，每一个空间，它都要隆重莅临，渗物之机理，沁人之肌肤。

我在夜色中独坐，听寒风萧瑟，开始怀念太阳和那些温暖的日子。热气腾腾，人声鼎沸，当时只道是寻常，原来时隔一秋，竟是如此让人留恋，流汗的感觉仿佛很是久远，只记得那时蝉鸣人更躁。而此时，寒风恰如解牛的庖丁，以无隙入有间，破衣刺身，将凉气注入我的体内。我顺理成章地想到了冰雪，那些寒冷到了极致的皎洁和晶莹。可惜，在这南国的夜里，即使寒风再怎么努力制冷，也催生不了雪花飞舞的景象。即便如此，我依然喜欢这种力抵心田的寒冷，至少让我在这个容易昏沉的季节保持一份清醒。

寒冬的温暖

这淡淡的阳光，虽不能融冰化雪，抵风御寒，但可以给凝重的心带来无比的温暖。寒冷，是冬天的应有之义，呼啸的北风、飘洒的雪花、光秃的枝丫、凄厉的鸦鸣，满目的萧条，无不将一个字传递入心，那就是“冷”。特别是梧桐更兼细雨，到午后黄昏，令人无限思念起被窝与炉火。一朝阳光遥来，即使稀薄味淡，那温情暖意也会慢慢从心底生发出来，弥漫在室内窗外、书房庭院，令人顿时力量爆发，勇气生焉。

人生其实也有冬天，我很有幸地经历过。那些雨雪霏霏的日子，寒意四面来袭，必须凝聚心中所有的热量，奋勇抵挡。来自他人的关怀，便如这冬日的阳光，不管是否强烈，都带着浓浓的暖意，助我们驱寒防冷。所以，我一直略尽绵薄之力，传导一份善意和诚心，为他人做嫁衣裳，并不在乎任何回报，甚至做完后便转身离去，并不纠结牵扯，耿耿于后果。正如陶渊明的“既醉而退，曾不吝情去留”。

很多人都会遇到人生的冬天，在别人的冬天走过，不妨将自身的温暖凝成一道阳光，或许能助人走出雨雪交加的季节。

文艺篇

世事喧嚣，抽身而退已经很不容易，息心而退就更加难上加难。

文　学

建安风骨

刘勰在《文心雕龙·时序》中对建安文学有段精妙的评价："观其时序，雅好慷慨，良由世积乱离，风衰俗怨，并志深而笔长，故梗概而多气也。"建安文人生存于天下分裂的东汉末年，诸侯争霸，海内鼎沸。亲历离乱，身经动荡，面对死亡，他们的体验和感悟自是不同于平常，故而为文情深意长，风骨凛凛。没有绮靡繁丽，雕琢铺排，却遒劲多力，力透纸背。而六朝时的江南文章，恰似那都市般的富丽、花柳般的繁华，美则美矣，却少骨气。盖因其生活富足，久安舟车，不虑于事，无忧于心，所以文章虽妙，却难动人心魄。

现代人更是承平日久，惯于安闲，且重物赏器，俗透骨髓。行而为文，自然软媚无状，格局低下，即便是六朝时的虚美之表都无法企及，更不用谈汉魏时的建安风骨。可见，乱世不仅出雄杰，还出雄文。

亦师亦医

鲁迅是医科大学毕业的学生，却从未以医生之身份专业示人，文章中亦从未谈及医学知识，但他以一个医生的标准审视当时的中国。在他眼中，国家病了，社会病了，国人也病了，在处处有病的时代，他自己也多少受到了感染。笔下的人物要么就是愚，像阿Q；要么就是昧，像华老栓；要么就是疯，像《狂人日记》中的“我”；要么就是痴，像祥林嫂；要么就是钝，像闰土。人基本都是病人，景也没什么好景，故乡是苍黄天底下横着的萧索的荒村，枣树像铁似的直刺着奇怪而高的天空，从百草园到三味书屋充斥着冷调景致和鬼怪故事。杂文中更是讽刺挖苦，嘲笑揶揄，如一把把匕首、一支支投枪，要刺出别人身上的鄙、自己身上的小来。这一切正是医生心理，猛烈暴露时代之病，期待有志者对症下药。鲁迅不唯大师，亦良医也。

历史因人而精彩

总觉得《三国演义》一书前面比后面精彩，诸侯争霸比之三国鼎立要生动有趣得多。特别是诸葛亮六出祁山，病逝于五丈原，似乎连机智都带走了，后三国时代的谋士大多数只能想到“将军在敌寨前搦战，我去截其后路”；或者“敌远道而来，我只需深沟高垒，待其粮尽退去，那时再乘势掩杀”之类没有什么技术含量的计谋。而武将的面目则模糊不清，且不说吕布、关羽、张飞这类前期的猛将一个都没有，连张辽、徐晃此类二流战将都难找一二。估计罗贯中写到诸葛亮“鞠躬尽瘁，死而后已”，已经意兴阑珊了。只是要把三国归晋这段历史交代清楚，以圆“天下大势，分久必合，合久必分”之说。

确实，没有世之虎将，缺乏智谋之士，故事便平淡无奇。冰冷的历史，哪个朝代都有。有了狡诈的曹操、多智的诸葛亮、忠义的关羽、潇洒的周瑜，前三国无疑是一段英雄传奇，而人事萧条的后三国，更像一段历史纪实。罗贯中写着写着就乏力了，我们读着读着就乏味了。

难以退身的苏轼

苏轼赴任汝州时，途经金陵，与王安石欢然会晤。其时，王安石已退位，而苏轼遭贬谪。两人本皆高妙脱俗者，并经仕途蹭蹬，当然有许多共同识见，苏轼应该对王安石甚为服膺，这从他《次韵荆公四绝》中“劝我试求三亩宅，从公已觉十年迟”一句可以看出端倪。王安石或许曾劝苏轼在金陵求田问舍，早做退居打算，如此便可常常晤面，谈诗论文。从苏轼后来给王安石的信中可知，苏轼确实也想致仕后在金陵定居，“庶几得陪杖屦，老于钟山之下”，后来未能成功，便又想在附近的仪真求田营居，“扁舟往来，见公不难矣”。可见两人友情之厚，相谈之欢了。可惜此后苏轼走荒窜蛮，四海漂泊，正如那“天地一沙鸥”，但见“缥缈孤鸿影”。性命几乎不保，哪得购田置地之暇，当初与王安石退居江南的约定，化为梦幻泡影。人生无常，在苏轼身上，体现得可谓淋漓尽致。

志高命薄的元好问

写出“问世间，情为何物，直教生死相许？”的元好问，让人有风流倜傥之错觉。虽然他少时便被誉为“神童”，壮时又被赞为“元才子”，博通经史，淹贯百家，乃“北方文雄”“一代文宗”。

然而，元好问一生坎坷，居官危朝末世，未曾有机会过上风流快活的日子，金破于蒙时，更是做了几年囚徒，备尝耻辱艰辛。作为一介书生，生于改朝换代之际，除了挣扎着活下去，还能有何作为呢？凭借鼎鼎文名，元好问终究还是转危为安，甚至成为新一代权要的座上宾。只是在旧朝时进士及第、官至翰林知制诰的经历可就真的成为往事了。然在其《新斋赋》中，元好问曾豪气干云地自谓：“动可以周万物而济天下，静可以崇高节而抗浮云。”可见他并不仅仅是普通的读书人，而是心怀天下苍生的有志者，可惜历史没有给他表演的舞台，使得他只能在林下田中闲度余生，而名动当代后世之文苑儒林。

早生了一千多年的王勃

王勃感叹“屈贾谊于长沙，非无圣主；窜梁鸿于海曲，岂乏明时？”，表面上在替贾谊和梁鸿抱憾，实则为自己鸣不平。但汉文帝确属明君，贾谊郁郁不得志好像也怪不了皇帝；汉章帝时政治尚算清明，梁鸿被逼到处逃亡，似乎也怨不得没碰上好时候。王勃生活的年代尚属盛唐，乃社会蓬勃鼎盛之际，唐高宗也并无恶名，王勃却有志不获骋，将挫败归咎于时代或当朝者显然不妥，王勃只好自认“时运不齐，命途多舛”。那个年代，只有为官一途才能施展襟抱，经商再成功，也不过是不入上流的土财主。仕途一断，基本上一辈子就没希望了。像王勃这种自负才高的人哪里受得了，即使不淹死，也会抑郁而终的，反正活不长是肯定的，后来李贺的遭遇便可佐证。要是现在，王勃的出路可就多了，绝对是无与伦比的作家和学者，一定会广受赞誉和喜爱，无疑将名利双收，过得逍遥快活。人生当然是顺利平稳的，哪有什么坎坷不平。可惜，王勃早生了一千多年。

登山观海

南朝梁刘勰云："登山则情满于山，观海则意溢于海。"山的默然魁伟、雄浑蕴藉，让人力聚于身，情满于中；海的涛澜汹涌、涵虚停云，让人境界阔远，意弥天地。如果可以，尽量倚山而居，靠海而宿，当然择址于山海之间最佳，则可常闻"山气日夕佳"，看"飞鸟相与还"，赏"鲲鹏水击三千里"，惊"组练长驱十万夫"。即使一天的生活劳神费力，平淡无奇，携一身俗气，满怀怅怨而归。一早一晚，有山呼海啸的洗礼，那愁意与顾虑刹那之间便被冲刷得无踪无影。山中固然是"风暖鸟声碎，日高花影重"，海上何尝不是"玉山高作垒，雪浪俨如城"。便是浑身没有半点书卷之气，毕生不作丝毫雅意之求者，经此熏陶，也难免不临风而感，凭栏而叹。更何况览山则胸中情满，眺海则心中意溢者，作此山海之观，岂能不弹琴长啸，歌以咏志！

凄美境界

李清照在《声声慢》中曾抒发了一段深入骨髓的愁意：“守着窗儿，独自怎生得黑！梧桐更兼细雨，到黄昏、点点滴滴。这次第，怎一个愁字了得！”雨打桐叶，声声如击心坎，时间漫长，怎堪经此消磨。这情景，忆念故人，感怀身世，定当痛彻心扉，难以自拔。若意淡似云，心静如水，不以穷达为念，不以得失自扰，则此情此景，岂非阅读之上选境界？寒风冷雨，树叶婆娑，时在天色已黄未昏之际，天地宁静，纵情孤寂，心在晦明变化之间。回望远古洪荒，眺望缥缈未来，忽而金戈铁马，忽而柔情蜜意。次第虽有风雨，却并无深愁。我极想穿越到宋朝，在梧桐夜雨下，以今人的方式，劝慰李清照消愁释怀。并告诉她，她细腻的感伤将弥漫千年以后的词坛，她美丽的身影将光照千年以后的民间。我敬之以酒饮之以茶，谈之以诗论之以词，并借她所造静谧之境，用以读书为文细品人生，然后熙熙然若有所获。

息交绝游

陶渊明式的息交绝游，绝不是暂时地谢绝觥筹交错，定期地躲避寒暄应酬，而是以挂官悬印的骇俗方式与官场做一次轰轰烈烈的诀别，携剩余的半生隐身于田园，这是一种自我除名于士林、洁身于世俗的大胆行为，凭的是勇气和智慧。

世事喧嚣，抽身而退已经很不容易，息心而退就更加难上加难。人身是喜好繁华热闹处的，人心是向往功名利禄地的，此常人之常情常态，反身而往逆心而行，当然有以抑身制心者，这便是勇气和智慧了。很多人自以为聪明，轻而易举就勘破了世情人事，其实不过是击穿了皮毛，其下的筋骨血脉一无所知。即便是有人真的经历了波澜起伏的岁月，悟出了深藏其中的人生至理，又有几人能大彻大悟后大行其道，像陶渊明那样“曾不吝情去留”？多半会更加留恋于时下，敛视于未来。可惜我还不能完全洞穿人情世故，真有那么一天，我倒是很想学学陶渊明的息交绝游，检验一下自己能否做到超尘出世。

风格迥异的李杜

李白、杜甫是唐朝诗坛的并峙双峰，李白被誉为诗仙，杜甫被赞为诗圣。比他们稍晚的著名诗人，古文运动的倡导者韩愈在《调张籍》中曾大声颂扬："李杜文章在，光焰万丈长。"中唐之后，历朝历代对两人的称许或有此消彼长之势，但总体来说还是等量齐观的。人们对李白和杜甫各有偏好，事实上两人在禀性和风格上也迥然有异。因为讶异于李白的浪漫，人们似乎更愿意亲近李白，做他的诗迷。而读杜甫，不仅要敛容整衣，还要胸怀家国，这是普通人难于做到的。

常见人雅聚论文，每诵李白诗，而少言杜少陵。杜甫诗中多生活的苦难，登高时是"万方多难此登临"，野望时是"天涯涕泪一身遥"，请客时是"樽酒家贫只旧醅"，诗风沉郁顿挫，让人读后心中沉重。李白诗中多想象的奇幻，出门时是"仰天大笑出门去"，登山时是"登高壮观天地间"，赏雪时是"燕山雪花大如席"，就是迷茫时也要"拔剑四顾"，忧愁时还想"抽刀断水"，诗风壮丽雄峻，令人心神为之振奋。致君尧舜者可多读杜甫，潇洒出尘者可常效李白。

天妒英才

少年才俊，史不绝书。魏晋玄学的开创者之一王弼便是个天才逞纵的英杰。现代人若不致力于国学传统，也许对他会略感陌生。其实他是个非常了不起的学问大家。王弼自小便立志高远，好学不倦，兼通儒道两家。少年时就为《老子》作注，时称玄学领袖的何晏也为《老子》作了注，听说王弼有书同名，觉得很有意思，想办法找了一本来看，本是随意翻翻，结果阅读之后大为吃惊，自叹不如，将自己的著述改为《道德二论》。其时王弼还不到二十岁，尚未出道。而何晏大王弼近四十岁，位居吏部尚书，早已名满天下。政治和学术地位都显赫一时的何晏视初出茅庐的王弼为知己，以为天下终有可与之探究“天人之际”的同道。

之后，何晏举荐王弼为台郎，可惜王弼学问做得好，官却当得一般。因为为人孤傲不群，刻薄少恩，得罪了不少人，不久就丢了官职。同年秋天，王弼染上了重病，不治而亡。

王弼一生虽然短暂，成就却颇丰。《周易注》《老子注》《论语释疑》《老子指略》《周易略例》……著作等身。最为显耀者，他提出了“尚无”理论，认为天地万物都是以“无”为根本，在有形有象的背后，有一个无形无象的“无”在主宰一切。从“以无为本”还衍生出“得意忘象”的理念，深刻影响了诗歌、绘画、书法等艺术理论。陶渊明的“采菊东篱下，悠然见南山”便深得“得意忘象”之旨。

每观少年英俊之运命际遇，若合一契，未尝不掩卷嗟叹。汉之贾谊，魏之王弼，唐之王勃李贺，或为政治精英，或为学问大家，或为天才诗人。其恃才傲物、落落寡合，其仕途蹭蹬、寿年不永，竟惊人一致。既然天妒英才，为何要天赋异禀？

梨园领袖关汉卿

说到风流倜傥，也许无人能出元关汉卿之右。从他的曲中可以体味，他是认真地沉醉于风月，快活于花酒，虽然他心中或曾有澄清天下之志。正如读陶渊明的诗文，满是“始得返自然”的喜悦，“息交以绝游”的自在，岂知他也曾以天下为己任。在《南吕·一枝花·不伏老》中，关汉卿声称:“你道我老也，暂休。占排场风月功名首，更玲珑又剔透。我是个锦阵花营都帅头，曾玩府游州。”语气中不无得意，毫不顾忌做个纨绔子弟。元人《析津志》说关汉卿“生而倜傥，博学能文，滑稽多智，蕴藉风流，为一时之冠”。《录鬼簿》亦称其为“驱梨园领袖，总编修师首，捻杂剧班头”。其实他自己早就肆意宣言:“我是个普天下郎君领袖，盖世界浪子班头。”率直可爱的关汉卿，徒恨不能同行。

史论先河

唐著名史学家刘知幾出身官宦世家，祖辈皆为饱学鸿儒，故家学渊源，自小遍览经书史籍，博学多才。二十岁考中进士，做了个小小的嘉县主簿，不求闻达，潜心关注十九年，致力于搜寻、精研史料，从来不问仕途升迁。

一沉之功，锐不可当。三十九岁始为史官，一发不可收，但凡国家所修诸史，无不参与主导。以此厚积，退而私撰《史通》，又是江湖夜雨十年灯，五十岁方竟大功。书成之日，举世震惊，好评如潮。唐玄宗大加赞赏，命印行天下。《史通》一书，“辨其指归，殚其体统”，博采善择，识见深远，开史论之先河，广为后世所推崇。

史学研究，得失一朝，荣辱千载，实在是经国之大业，三朝两夕岂能竟功。刘知幾自十一岁始，用了五十年时光，倾注了毕生心血，才写就了一本不到十万字的《史通》。若以篇幅字数论，实在是抵不过网络写手的一月之功；若以分量意义论，则庶几可谓万人莫敌。

历史的筛选

兰亭集会，以王羲之的《兰亭集序》而闻名于世。看起来一个不经意的集会，竟然诞生了绝世艺术精品。大多数人惊叹于王羲之的天下第一行书，却忽视了《兰亭集序》其实是一篇精妙绝伦的文章。更没有考究参加集会的名人雅士到底为谁？其实，当时有四十一人从游，以王、谢、孙等几大家族的成员为主，谢安是朝廷柱石，孙绰是文坛领袖，王羲之是书界霸主。其中二十五人都有诗作，十六人因未成诗而被罚酒三杯。王羲之为诗集作序，孙绰为诗集作跋。未曾想，无一诗吟响流传，而王羲之书法文章并重后世，成为绝唱。谢安、孙绰等名重一时的人物，反成了陪衬。历史有时无意，有时无情，但它一定要记录一些它认为最有价值的东西。

赋物以情

宋司马光《客中初夏》云：“更无柳絮因风起，惟有葵花向日倾。”盛赞葵花的忠贞不贰，而卑薄柳絮的孟浪轻浮。《红楼梦》中的薛宝钗却对柳絮颇为欣赏，她在《临江仙》中赞道：“韶华休笑本无根。好风凭借力，送我上青云。”

无论柳絮还是葵花，不过是大自然中的花草树木之类而已，并不闪耀光芒或者形容猥琐，而好者恶者赋予其情感美丑，给世人一种先入为主的印象。比如讲到高洁，便以芳草美人喻之；讲到节操，则以苍松翠柏喻之。

其实，葵花固然钟情于太阳，太阳却未必有意于葵花，执着一念，未必就值得大赞特许。柳絮轻盈，既可随风飘舞，亦可落随流水，借力而行，任意东西，不也潇洒自如得很吗？万物各有本征，让其缘性而抒情发声者，人也。故物或雄强或婀娜，或浅薄或深刻，皆述者赋之。

大师雨果

《巴黎圣母院》里几位主要人物的塑造，体现了雨果高超的艺术手段和深刻的人性思考。代表道德制高点的副主教克罗德，却是个最虚伪的人；代表颜值担当的宫廷弓箭队队长菲比斯，却是个内心最丑陋的人；代表热情正义的诗人格兰瓜尔，却是个冷漠无情的人；代表丑陋卑微世界的撞钟人卡西莫多，却有着纯洁高尚的心灵。而少女埃斯梅拉达，则是完美的化身，不但外表美丽动人，而且灵魂善良纯粹，故而同时吸引了这四个各有欠缺的男人。然而最完美的，却不是最长久的，恰恰最容易遭人陷害中伤，而其中最为狠毒者正是那些有着华丽外表、满嘴仁义道德的人。这难道不正是现实的客观反映、生活的真正逻辑吗？我们的小说家只会一味地讲故事、绘情景，思想内容的苍白乏味恰似那无油的青菜，青涩寡淡，难以下咽。雨果这样的小说家，方可以大师名之。

《倚天屠龙记》的巧妙

闲来无事，突然想起金庸先生的《倚天屠龙记》。以前总觉得张无忌是个了不起的人物，武功盖世，英雄了得，一身正气，领袖武林，除恶祛邪。后来发现亦正亦邪的赵敏更厉害，聪明伶俐，敢作敢为，只要有利于我，便要放手施为，名门正派固然不是对手，邪派高手亦尽为所用，连正义的代表张无忌也甘心被她驱策。今天才忽然意识到，其实最不可小觑的人原来是成昆，此人心机深沉，为了复仇，精心炮制出连环毒计，在江湖上掀起腥风血雨，一拨拨英雄好汉，死得不明不白，悲壮惨烈，却不过是成昆计谋中某个环节的殉葬品。名动天下的明教衰微了，领袖武林的武当悲剧了，六大门派与明教火拼了，千年少林差点灭门了。一切重大的武林恩怨和争斗，都拜成昆一人所赐，则成昆之智慧毒辣沉着，实在无能与之匹敌。

以一人撼武林，狠哉！成昆！设计何其妙哉！金庸！

以丑为美

蒲松龄的《聊斋志异》中有篇小说《罗刹海市》，讲述了一个很有趣的故事。一个叫马骥的少年商人，长得潇洒俊美，风流倜傥。一次出海经商，遇到飓风，辗转来到一个异域国家，谁知那里的国人见到他，就像见到妖魔鬼怪，吓得四散逃走。后来才搞明白，这里的审美观是以丑为美，像马骥这样特别俊美者，在他们眼中却是丑陋不堪，难以忍受的。而且，这个国家以貌取人，貌越丑，越身居高位，依次以降，宰相便是个奇丑无比的怪物，而那些长得近于马骥者全是平民百姓。后来，马骥将污泥黑土抹于脸上，故意丑化自身，再见那些丑陋的官员，便颇为人所认同赞美。

这则故事，当然是蒲松龄的讽刺之文，现实之中，岂是量才使用，不亦以貌取人乎！峨冠博带者，正是灵魂丑陋者，而那些善良诚实者，可不只能屈居人下！是蒲松龄心有愤愤不平之气，借此一抒而已。

江郎才不尽

《梁书》载："淹少以文章显，晚节才思微退，时人皆谓之才尽。"这或许是江郎才尽的由来吧！当然更有附会者传，江淹自宣城太守任上罢官回家，曾在冶亭投宿，梦见一人自称郭璞，曾将一支五彩笔寄放于江淹处，今来索还，江淹从怀里取出一支五彩笔还给他，自此诗文韵味渐失。

纵观江淹一生，历经宋齐梁三朝，在那个动荡不安、政权更迭的年代，贫寒士族出身的江淹，最后却能受封醴陵侯，去世时梁武帝为他穿素服致哀，极尽哀荣。这不能不得益于他锐利的政治眼光和出色的个人才华。

政治上，江淹固然博取了高官厚禄；文学上，他也名动天下，尤其拟古诗与抒情赋冠绝一时，章太炎称赞他"诗章雄丽，赋亦奇崛"，绝非虚词。其《恨赋》与《别赋》将人间的离情别恨都写完了，后人只要稍有识见者，见此都该当投笔。才情如此之高，就是再怎么"才思微退”，也高于所谓的大师远甚。

经典的深刻

读经典诗文，总感叹于先贤的深刻宏远，而常惑于时人的浅薄无知。按说社会变得越来越复杂，人们的见识应该越来越广博才对。然相形之下，结果似乎恰恰相反。在现代的诗文中，除了拾人牙慧之外，便是鄙陋庸常，并没有与现代化相匹配的敏思和洞见。

我本来对生活半径狭窄的古人感到好奇，为什么他们能够将人性、事理认识得那么透彻，而我们在时间、空间上放眼涉足远甚，却在思想上无论如何都深入不下去。后经苦思方悟，古代当今，看起来截然不同，人性事理其实是一样的。我们平生接触的不过是那几号人，经历的无非是那几件事。古人纯净，自然容易看得明白，明白了，诗文便晓畅。今人浮躁，反而容易迷了双眼。思虑既浅，诗文便浅薄，因而日渐堕落，可堪读者，便亿兆中无一了。

山水有幸

站在郴州的青山绿水之间，我仿佛看到一叶扁舟缓缓从宋朝驶来，有人卷帘长叹，那叹息之声在花丛林梢弥漫开来，让本来郁勃的花草树木顿时略带伤感，其时正淫雨霏霏，连月不开，阴风怒号，愁云惨淡。那人轻声吟道：

醉漾轻舟，信流引到花深处。
尘缘相误，无计花间住。
烟水茫茫，千里斜阳暮。
山无数，乱红如雨。不记来时路。

吟罢，放帘复行，至晚到达郴州，于旅舍略作安顿，心绪一时难以排解，便漫步林下，独自沉思，归而深情写下《踏莎行·郴州旅舍》：

雾失楼台，月迷津渡。桃源望断无寻处。可堪孤馆闭春寒，杜鹃声里斜阳暮。

驿寄梅花，鱼传尺素。砌成此恨无重数。郴江幸自绕郴山，为谁流下潇湘去。

有人知道他的来历，窃相传语，此人便是才子秦观。郴州因此沸腾。千百年来，人们只要一到郴州，多半如我，眼中满是美景，心中浮现的却是秦观。

秦观是“苏门四学士”之一，极富才华，深得其师苏轼赏识。然而，其命途多舛亦如苏轼，在京城没过上几天好日子，便受党争牵连频繁遭贬，由国史院编修被贬为杭州通判，途中再被贬为处州监酒税，后又被削秩徙放郴州，继而是广西横州、广东雷州，五十二岁便英年早逝。苏轼听说他去世，痛心疾首：“少游不幸死道路，哀哉！世岂复有斯人乎？”为了纪念秦观，苏轼将其在郴州写的《踏莎行》最后两句“郴江幸自绕郴山，为谁流下潇湘去”书于扇面，并题：“少游已矣，虽万人何赎！”

秦观得苏轼为师友，夫复何憾；郴州得秦观为迁客，何其有幸！

一蓑烟雨任平生

“回首向来萧瑟处，归去，也无风雨也无晴。”风雨后的淡然从容，跌宕后的心静如水，苏东坡用这几句波澜不惊的话表现得淋漓尽致。古往今来，华丽慷慨的诗词比比皆是，可这么意味丰赡的实在不多，历尽荣辱，遍尝甘苦，皆不足为外人道，已经没有任何物事能稍动其情，拂乱其心了。

细察前人诗文，陶渊明之“怀良辰以孤往，或植杖而耘耔。登东皋以舒啸，临清流而赋诗”，或亦有此真意。在乡村田野漫步，阅尽人间春色，然后缓缓而归，晴或雨又有何干。

陶渊明不愧是第一位田园歌手，影响了一大批士子，苏东坡便是他的忠实崇拜者，待事写诗都向他学习。但像陶渊明那样决绝而去，通达如苏东坡者，亦难下决心，息交绝游，无顾俗规，谈何容易。正因为做不到，苏东坡一直在炼心，不随风动，不伴雨潮，过去的固然已无所谓，未来的也无动于衷，坦然受之便罢。一生和了那么多陶诗，自然也就有了陶渊明的精神气度。再说经历了那么多晦明变化，一蓑在身，哪里还在乎一袭烟雨。

去也终须去

朱熹确系思想大家，所创理学为后世师范。然以现代观念而论，理学并不完全人道，至少对于女性，实在是非常苛刻不公的。所以，鲁迅曾深刻揭露“理”的吃人本质，无情地予以痛批狠刺。朱熹提出完整系统的理法，自己却逍遥理外，纳妾狎妓好不快活。为了打击反对理学的台州刺史唐仲友，朱熹完全丧失了大师风范，在大力弹劾唐仲友的同时，以有伤风化为由，将唐仲友的红颜知己严蕊拘捕入狱，严刑拷打。严蕊虽然是个柔弱的风尘女子，却有一身铮铮铁骨，死不承认与唐仲友之间存在私情，朱熹一时倒也无法判处。此事海内传扬，惊动圣听。朱熹终被调离，继任者岳霖同情严蕊，予以无罪释放，并问她今后归属。严蕊写了一首《卜算子》作答：

不是爱风尘，似被前身误。花落花开自有时，总赖东君主。

去也终须去，住也如何住。若得山花插满头，莫问奴归处。

岳霖看后颇为感动，判令严蕊落籍从良。严蕊后来被宗室子弟纳为妾，在那个年代就算是个好结果了。其实，严蕊在词中表达的意愿是要远离红尘，隐居山野，过一种平淡自由的生活。

严蕊素以才名见知，唐仲友治台州时与她甚为相得，彼此常相唱和。唐仲友十分欣赏她的才华，专门为她落籍，还她自由之身。不想被理法卫道者朱熹所不容，致使严蕊经历了一番生死磨难。现在读来，似乎是个生动有趣的遗闻逸事，但当时的严蕊却受到了身心摧残，万念俱灰。但也正是有了那段痛苦的经历，才诞生了《卜算子》这阕优秀的宋词。梅花香自苦寒来，诚不我欺。

苏轼的值得

苏轼无疑是个天才型选手，诗词书画文，五项全能，样样皆通。诗与江西诗派的创始人黄庭坚齐名，并称“苏黄”。词开豪放一派，与辛弃疾同为该派代表，并称“苏辛”。文续古文运动，与欧阳修并称“欧苏”，皆入“唐宋八大家”。书独树一帜，与黄庭坚、米芾、蔡襄并称“宋四家”。画开湖州一派，首倡“文人画”概念。不仅如此，官当得还不小，而且他经历了宋仁宗、宋英宗、宋神宗、宋哲宗、宋徽宗，五朝为官，或得意于朝廷，或为宰于地方，或贬窜于蛮荒，尝尽了做官的滋味，也尽享了北宋的繁荣。虽然人生有不少的波澜，但也在历史的一段好时光中翱翔过，舒展过，惬意过。

若按当代价值换算，苏轼经常出席中央和国务院重要会议，组织领导地方经济社会发展，时不时要坐在主席台上，发表重要讲话，要么就下基层调研。周末、假期的时候和诗友们搞搞沙龙，斗酒吟诗，要不就去做个评委老师，点评一下后进末学。或者请几个歌唱家唱唱自己新写的歌词，娱情遣性。兴致好的时候，就配上正式舞蹈，搬上舞台。书法是每天都要练一练的，有时候给人写中堂，有时候给人写牌匾，润笔费视心情而定，可要可不要。画画是为得其趣，书房客厅挂上几幅，梅兰竹菊，雅意立现。朋友看中，也不吝相送。重要的是，往来谈笑者，要么是高官显贵，要么是诗词名家，要么是书画达人，都是国内各个领域的头面人物。这种高品质的生活，苏轼很是过了一些年，只是到了晚年有些颠沛流离。但纵观其一生，可谓人间值得。

析《梦》

工安石有一次在睡梦中醒来，立即问从人索要纸笔，写下一首名为《梦》的诗。

知世如梦无所求，无所求心普空寂。
还似梦中随梦境，成就河沙梦功德。

这首如梦如幻的诗，当然是想记录了悟的禅意佛理，或许在王安石想来，他表达得再明白不过，但后人读起来，却真像在参禅悟道，不知他到底想告诉我们什么。

前面两句很佛系，理解起来还不是很费劲，现代人经常拿来安慰自己，稳定心神。无非是世上一切事物皆如梦幻泡影，不要抱有任何欲念，一旦万念俱灭无所欲求，心灵自然宁静空寂。这种世人普遍都懂的佛理，王安石这样具有独立思想的大家当然不会将其作为诗的主旨，显然，重点在后面两句，那才是他真正了悟的道理和要抒写的感想。

然而，后人对后两句诗的理解有着极大的分歧，各种解释，众说纷纭，莫衷一是。在摒弃他人阐释的自然阅读中，我得出了两种结论。一种是：既然梦境皆随梦灭，修行积下的功德岂不如河沙般易塌？结合前两句，意思是，世上事物都如梦幻，不起欲念，心便空寂，才能修得正果。但既然都是梦，修成的功德难道就不是梦吗？另一种是：顺着梦境，成就一番梦一样的功德。结合前两句，意思是，世上事物都如梦幻，欲念不起，心中自然空寂。但既然都是梦，为何不顺应梦境，积极入世修成功德？即使那功德像河沙一般虚幻。按照王安石一贯的唯物主张，进取精神，我更偏重于后一种解释。

丢了国家的李煜

商人丢了生意，该是如何的懊恼；官宦丢了仕途，该是多么的颓丧。然而，比起有人丢了国家，简直不可同日而语，伤心欲绝，痛彻心扉，这些均不足以表达其哀。

自古以来，丢了社稷江山的不在少数，我想，他们于临亡临俘之际，所思所痛略同。然留下旷古悲声而代代感染世人者，莫过于南唐后主李煜。仓皇辞庙，沦为臣虏，“四十年来家国，三千里地山河”，转眼即没。丢了国家，他再也不敢独自凭栏远眺，因为“无限江山，别时容易见时难”，那江南秀水、青黛奇峰，只能在一晌贪欢的梦中浮现。剩下的只是无尽的愁，“恰似一江春水向东流”，绵绵不绝，无有穷期。“剪不断，理还乱”，别后余生，只在愁绪的理乱之间消磨。家丢了，亲朋故旧离散，已然悲惨万分；国丢了，土地人民易主，更加伤痛绝伦。日子虽在，却只有用泣血的字句记录哀绝的心声了。让人们读后不禁感叹：家国之失，原来一痛如斯。

平易雅正的曾巩

唐宋八大家中，曾巩恐怕是最不为人熟知者。一来因为他为人谦虚低调；二来因为他的文章平易冲和，无摇曳之态。其实他在两宋时期赫赫有名，深得众多政要文豪的激赏。王安石赞他：“曾子文章众无有，水之江汉星之斗。”苏轼评价他：“曾子独超轶，孤芳陋群妍。”朱熹推崇他：“予读曾氏书，未尝不掩卷废书而叹，何世之知公浅也。”后人编辑文集，所选曾巩文章甚多。独《古文观止》仅选一篇，而《古文观止》又影响深远，故曾巩声名似乎不彰。

曾巩其人，天资聪慧，记忆超群，幼读诗书，脱口成篇，十二岁即能为文写诗，道德文章驰名天下。他事父母至孝，与兄弟友爱，父亲去世后，家道中落，他侍奉继母无微不至，抚育四个弟弟、九个妹妹长大成人。在三十八岁那年，与弟曾牟、曾布及堂弟曾阜一同登进士第，兄弟四人一起高中，一时传为佳话。当时的文坛领袖欧阳修对他十分欣赏，极力举荐，曾巩顺利进入官场。

曾巩虽然在许多地方为官，但并不像苏轼那样被贬谪驱逐，所以他的文章没有宦海沉浮之叹，亦无羁旅凄凉之思，而以义理精深、古雅平正见长。《宋史·曾巩传》称其文“纡除而不烦，简奥而不悔，卓然自成一家”，可谓的论。

曾巩少有文名，成就非凡，仕途平顺，朝野称美，成就了一个圆满的人生，其识见、智慧实非常人所及。

唐诗富情，宋诗尚理

唐人有激情，宋人重体悟。这从他们的诗歌中可以看出端倪。唐诗最重要的特点是“清水出芙蓉，天然去雕饰”，宋诗要表达的主旨是“问渠那得清如许，为有源头活水来”，完全是两种风格两种趋好。看唐诗往往有浑然天成之感，像李白的“两岸青山相对出，孤帆一片日边来”，韦应物的“春潮带雨晚来急，野渡无人舟自横”，王维的“月出惊山鸟，时鸣春涧中”，岑参的“忽如一夜春风来，千树万树梨花开”，都像妙手偶得，毫无雕琢之痕，看不到任何用力处，却篇篇都精美绝伦，这就是唐人的高明之处。

宋人以理入诗，一定要将思虑所得和盘托出，以示学问功夫。像王安石的“不畏浮云遮望眼，自缘身在最高层”，苏轼的“谁道人生无再少？门前流水尚能西”，杨万里的“小荷才露尖尖角，早有蜻蜓立上头”，陆游的“纸上得来终觉浅，绝知此事要躬行”，个个都是思考者，人人都是理论家，诗中理所当然充满哲理和感悟。

所以，唐诗和宋诗其实是截然不同的路数，唐人就像风度翩翩的佳公子、仗剑跨马的游侠儿，充满激情，活力四射；宋人就像峨冠宽袍的道学家、智慧渊博的思想者，腹有诗书，长于议论。欲得情境之趣，不妨赏唐诗；欲披理性之光，最好品宋诗。

不可复制

有些人的诗文只能欣赏，却无法企及，更无法模仿，因为这些诗文带有强烈而特有的个人禀赋，硬要去学习，可能会画虎不成反类犬。

比如李白的仙气。似乎他来人间，不过是游戏一趟开心一场，所以他的眼界很阔远，胸怀很广大："黄云万里动风色，白波九道流雪山。""飞流直下三千尺，疑是银河落九天。"不是云游于霄汉的神仙，哪得气势宏盛如此？

比如李贺的鬼气。他号称鬼才，自是因为诗篇森然凛然，与众不同，让人觉得寒冷凄怆。"衰兰送客咸阳道，天若有情天亦老。""秋坟鬼唱鲍家诗，恨血千年土中碧。"凉意力透纸背扑面而来。

再如文天祥的正气。有正义存心，他随口一诵，便催人奋进。“天地有正气，杂然赋流形。下则为河岳，上则为日星。于人曰浩然，沛乎塞苍冥。”“当其贯日月，生死安足论。”读了总有一股正气在胸中激荡。

再如鲁迅的锐气。他自言小品文如匕首投枪，连笔下的景都带着锋利的意味。“在我的后园，可以看见墙外有两株树，一株是枣树，还有一株也是枣树。”“而一无所有的干子，却仍然默默地铁似的直刺着奇怪而高的天空，一意要制他的死命。”仿佛人间万物都承载着鲁迅心中的不平，随时都要变作锐器降魔除妖。

所谓文如其人，大抵诸如此类。其法或可效，而气却不可夺。

更高一筹的《聊斋志异》

同为搜神志怪类传奇，干宝的《搜神记》只是冷静客观地记载各类逸闻趣事，并不主观褒贬扬抑，所以文中没有寓含过多的情感。而蒲松龄的《聊斋志异》却满含深情，对奇闻传说进行加工创造，赋予狐妖鬼怪人所未有之善良情义。所以，《聊斋志异》比之《搜神记》读起来更富文采，也更有温度。

《搜神记》中有一篇关于狐妖的文章，写得曲折离奇，引人入胜。晋惠帝时，司空张华丰神俊朗，文采风流。燕昭王墓前出没着一只千年灵狐，他慕张华之雅名，欲前往拜会。墓前有棵神树，亦已得道，他劝诫灵狐说："以张公的才智气度，你此去恐被识别，届时或将自取其辱，还要殃及于我。"灵狐不听，化为翩翩少年，一意前往。张华见其风流倜傥，肌肤洁白如玉，举动从容，非常爱惜看重，留下一起切磋学问。比及商略三史，探赜百家，谈老庄之奥区，批《风》《雅》之绝止，张华无不应声屈滞，怎么也不及少年学问之渊博，才识之高远。于是，他感叹道:“天下岂有少年学识如此超然，必是妖狐无疑！”便令人严把庭户，将少年软禁起来。然而，张华使尽办法，终不能令其显出原形。恰有博物之士来访，告知燃千年枯木照之，其形立显。于是，张华令人伐燕昭王墓前神木。神木泣而不免，果受狐累。灵狐在燃起的神木照耀之下，立即显形。张华令人捕而烹杀。

将一个才华横溢、风度翩翩的佳公子迫现狐形，还要残酷烹杀，实在是件大煞风景的事。如果蒲松龄来写这则趣闻，一定是张华与灵狐结为好友，常作深夜之谈，乐在其中。或许灵狐有妹，慕张华之才学人品，与其成就一段良缘。则故事有情有义，雅趣横生，读者亦欣然获益，《聊斋志异》比《搜神记》高明之处多在于此。

巾帼英雄

《搜神记》中最让人荡气回肠的篇章，莫过于《李寄斩蛇》。故事说的是东越的闽中地区有座庸岭，岭西北的一个石洞中有条巨蟒，经常为祸当地，咬死不少人畜，人们害怕，祭之以牛羊，仍不得免。有卜巫得巨蟒托梦，说是要以十二三岁的少女祭祀方保无虞。于是，当地政府官员便将那些罪犯或奴仆的孩子送去祭祀，一年一个，已经断送了九个女孩的性命。到第十年的时候，再也找不到合适人选了，官府很着急，四处高价购买。将乐县的李诞，家贫而有六女，生活愁苦。最小的女儿李寄正好符合年龄需求，她与父母商量要去当祭品。李寄说："咱们家女孩这么多，没有一人可以为父母分忧，与其白白浪费粮食，不如以命换点钱粮，对家里还能有所帮助。"父母无论如何都不同意。李寄偷偷到官府报了名，领了钱。与家人诀别后，她请求官府帮她准备好一支利剑、一条良犬，还有几担用蜜糖拌好的糍粑，毅然独自来到供蛇的庙宇。她先是将香喷喷的糍粑放在洞口，将蛇引出，继而放狗死死咬住蛇头，她自己则挥舞利剑，全力砍刺。蛇负痛爬出洞穴，不久便死了。李寄进洞寻见九个头骨，知为向之祭女，不由得哀伤叹息。见她完好无损，众皆大惊，叹为天人。越王听说后，聘娶李寄为王后，一家因她而荣贵。

《搜神记》，顾名思义，旨在述神志怪，而《李寄斩蛇》所记看似蛇妖作怪事，实为人们愚昧无知，以讹传讹，将巨蟒妖魔化而自我惊恐造出的事端。李寄虽是少女，却一身胆气。斩蛇除妖，既有为民除害之雄心，又有效法缇萦救父之孝心。而观其斩蛇之法，则尽显智慧。勇且多谋，难怪越王要慕名娶她为妻。

无我与唯我

陶渊明和柳宗元，都是胸怀大志又才华横溢者，然一个辞官一个贬谪，断了所谓的政治前程，便都不约而同地将一腔热情寄寓山水，将满怀心思托付自然。若不能在世间发现契合情思之景境，便发挥丰富想象，在心中造出理想之景境，然后独自游弋于其中，以绝俗世。只是两人所造之景境风格截然不同，陶渊明的优美，柳宗元的冷峻。最能代表陶渊明向往之境界者莫过于桃花源，而柳宗元心中则是一幅寒江独钓图。

《桃花源记》中云："土地平旷，屋舍俨然，有良田、

美池、桑竹之属。阡陌交通，鸡犬相闻。其中往来种作，男女衣着，悉如外人。黄发垂髫，并怡然自乐。”景色美妙，氛围和谐，淡然悠闲。多么自由自在的世界！既有烟火气，又干净天然，毫无世俗味，纯纯粹粹的人间。

《江雪》中云：“千山鸟飞绝，万径人踪灭。孤舟蓑笠翁，独钓寒江雪。”山上无飞鸟，路上无行人，大雪纷飞，江流无声，一个垂钓的老者孤独地坐于小舟之上，披一袭蓑衣，戴一顶斗笠，手握钓竿，恰如雕塑一般。寂冷的天地，倔强的钓者。既绝风尘，便一尘不染，高洁傲岸。

很显然，陶渊明想要去到一个无我的地方，而柳宗元则想寻找一个唯我的地方。

咏柳诗

历史上以柳为题的诗篇极多，但有三首不可不读。

一首是唐贺知章的《咏柳》：“碧玉妆成一树高，万条垂下绿丝绦。不知细叶谁裁出，二月春风似剪刀。”诗中对春天柳树的婀娜多姿由衷赞赏，欣喜之情充满字里行间，是对自然状态的垂柳发自内心的歌咏，契合主题，意向清丽。

另一首是唐韩翃的《章台柳·寄柳氏》：“章台柳，章台柳，往日依依今在否？纵使长条似旧垂，也应攀折他人手。”古人分别，多折柳相送。因此俗最早起于章台，故以章台柳代指送别之意。作者在诗中以章台柳比作旧时恋人，想象在两人分别后，情人或已纳入他人怀抱。既有无限留恋之情，更有十分惋惜之意。

还有一首则是宋曾巩的《咏柳》：“乱条犹未变初黄，倚得东风势便狂。解把飞花蒙日月，不知天地有清霜。”名虽为咏柳，实则是讽柳。这里把柳比作得志小人。树叶还没长全，就得意扬扬，借助东风之力，飞舞着柳絮，遮天蔽日，难道不知道还有霜雪之时，残絮败叶届时都将被席卷一空吗？分明是责骂那些当道小人，得势便要欺上压下，不知天高地厚，总有一天会被扫进历史的垃圾堆。

柳，素以柔美婀娜的意向示人，对“悲落叶于劲秋，喜柔条于芳春”的文人墨客而言，柳无疑是最佳的歌咏对象之一。然而，随着诗人的情绪不一，柳的褒贬毁誉也就截然不同，其实柳始终是那棵垂柳，不过是人心迥异罢了。

了然于心

宋张孝祥曾畅游洞庭，见湖水澄澈，万物自然，心中释然，忍不住兴叹：“悠然心会，妙处难与君说。”意思是与天地之间达成了默契，悟透了人生大道，但这种通达之妙，跟别人又一时无法表达。无独有偶，晋陶渊明在《饮酒》中亦有深刻体悟：“此中有真意，欲辨已忘言。”结庐于山野，采菊花，赏飞鸟，心态玄远，天地入怀，人生的妙处刹那间顿悟，但只沉浸于得道的欣喜之中，早就忘了要用语言形容。

很显然，两人都得了山水自然的启示，解决了桎梏思想的障碍，掌握了人生的密钥。只是张孝祥兴奋得想找个知己好好谈谈体会，而陶渊明却宁愿淡然于山林中独自品味。所以，两人虽都会意，但境界还是略有差别，相形之下，陶渊明显得更加恬淡适然。

对于人生，每个人都会思考体悟，然而畅通豁达者极少。所思略有所得，便恨不能昭告天下，仿佛尽知宇宙奥秘。有几人能像张孝祥一样天地了然于心呢？又有谁能做到陶渊明那般天地了然于心却不发一言，甚至早已忘言呢？

一身多任的曹雪芹

《红楼梦》中，贾宝玉和一众姐妹经常聚在一起，猜谜行令，斗诗比词。往往到最后，便是薛宝钗和林黛玉两人在较劲，事实上，两人的诗词水平相对高出一筹，而林黛玉尤胜。我以为众人的诗词中，以林黛玉、薛宝钗咏柳絮词意境最高，文辞最工，相较于鼎盛时的宋词，亦不遑多让。而且，两人的词意虽大相径庭，水平却在伯仲之间。

林黛玉《唐多令》：

粉堕百花州，香残燕子楼。一团团、逐队成毬。漂泊亦如人命薄，空缱绻，说风流。

草木也知愁，韶华竟白头。叹今生、谁舍谁收！嫁与东风春不管，凭尔去，忍淹留！

薛宝钗《临江仙》：

白玉堂前春解舞，东风卷得均匀。蜂团蝶阵乱纷纷。几曾随逝水，岂必委芳尘。

万缕千丝终不改，任它随聚随分。韶华休笑本无根。好风频借力，送我上青云。

在林黛玉眼中，柳絮香残花谢，漂泊天涯，满是愁苦，对世界已经生无可恋。而在薛宝钗眼中，柳絮在华堂前潇洒起舞，蜂蝶闻香追逐，青春韶华，虽无根蒂，正好借助风力，直上云天。这两人哪是咏柳絮，分明在诉衷情，言心声。一个是寄人篱下，漂泊无依，心中孤愤；一个是富贵佳人，千里为客，踌躇满志。平平常常的柳絮，因为两人的性格、处境、心绪不同，带上了强烈的情感色彩。一伤感，一激昂，从词意上看，实在难分轩轾。以"诗言志，词言情"，的最高标准评判，这两首词若在宋朝，亦当跻身前列。所以，仅以诗词论，曹雪芹也可文史留名。

旷达的陶渊明

我一直以为，魏晋南北朝以来，最具文学影响力者，莫过于陶渊明。他被誉为“隐逸诗人之宗”“田园诗派之鼻祖”。其诗文虽少，却篇篇精美，为历代名家所推崇。南北朝时期之沈约、萧统、钟嵘；唐朝之李白、杜甫、王维、孟浩然、白居易、韩愈；宋朝之王安石、欧阳修、杨万里、苏轼、黄庭坚、朱熹、辛弃疾；元朝之元好问、赵孟頫；明朝之“前后七子”代表人物李梦阳、王世贞，竟陵派代表人物钟惺，以及散文家归有光、唐顺之；清朝之顾炎武、王夫之、纪晓岚、龚自珍；现代的鲁迅、朱光潜、梁启超。这些大家无不对陶渊明赞赏有加，深为折服。

这个粉丝群大咖云集，名师辈出，查遍中国历史，谁能做到让每个朝代的拔尖人物顶礼膜拜呢？唯有陶渊明。其后的苏轼或可勉强相颉颃，但苏轼自己也是个陶渊明控。他一生最佩服的诗文大家就是陶渊明。他说:“吾与诗人无所甚好,独好渊明之诗,渊明作诗不多,然其诗质而实绮,癯而实腴,自曹、刘、鲍、谢、李、杜诸人,皆莫过也。”在苏轼的眼中,连李白、杜甫都不能跟陶渊明相比,陶渊明就是他人生的学习榜样。所以,他一生写了和陶诗一百零九首,可谓陶渊明的铁杆粉丝。在漫长的贬谪生涯中,陶渊明的诗文是最能给他力量的。苏轼的从容旷达一直为后人所钦敬,而为苏轼所钦敬的陶渊明该从容旷达到什么地步!

被误导的爱情诗

《诗经》收录诗三百零五首,以《关雎》开篇,为何将其置于集首已不可考。但孔子似乎对该诗情有独钟,称赞其“乐而不淫,哀而不伤”,完全契合他提出的“中庸”之德。汉之《毛诗序》亦云:“《风》之始也,所以风天下而正夫妇也。故用之乡人焉,用之邦国焉。”正因为孔子对《关雎》高度评价,所以儒林士子都将其作为正统情诗的典范。

其实现在读起来，《关雎》意思并不复杂，描绘一位“君子”对“淑女”的求爱，没得到“淑女”时心里郁闷，翻来覆去睡不着；得到“淑女”后很欢喜，弹琴鼓瑟加以庆贺。根本就是恋爱中男女的应有之态，写得纯洁自然、和谐美好。硬要套上伦理的外衣，就变得有些不伦不类了。似乎爱情只有一种模式，不能越雷池一步。换作现在，谈个恋爱结个婚，都要求中规中矩，年轻人还不得反抗？他们追求的正是轰轰烈烈、与众不同的爱情，哪里愿意顾及那么多条条框框。

一首天然去雕饰的爱情诗，因为孔子的一个并无他意的赞美，被卫道士们解释得板正而凝重。这该是道德强行干预情感的典型案例吧。

春秋笔法

《史记·孔子世家》载：“孔子在位听讼，文辞有可与人共者，弗独有也。至于为《春秋》，笔则笔，削则削，子夏之徒不能赞一词。弟子受春秋，孔子曰：‘后世知丘者以《春秋》，而罪丘者亦以《春秋》。’”孔子修订《春秋》，认真得近乎霸道，不许任何人建一言，献一词，全部是独立思考完成的。他甚至认为，后人对自己的是非扬抑，都将缘于《春秋》的修改，可见他花了多大功夫，心中有多么重视。

我想，最主要的原因大概是，孔子要为后世书史确立一种典范吧！“微而显，志而晦，婉而成章，尽而不污，惩恶而劝善”，是所谓之春秋笔法者。确实，看《春秋》文章，严谨峭拔，气度森严，在冷峻中透着态度，于细微处体现褒贬。不以华饰悦人，但凭要约警世。读起来虽无《史记》的趣味，却于微言中能悟大义。

心慕诗尚

自仕途蹉跎以后，苏东坡半生师范陶渊明，前后共和陶诗一百余首，实为有力诗证。尤其是陶渊明的名诗《饮酒》二十首，苏东坡一一相和。也许是酒能让人找到共鸣，而此共鸣便是了却忧烦，陶然忘机。只是酒有时也唤醒雄心，偶露峥嵘，陶渊明有“刑天舞干戚，猛志固常在”，苏东坡有“三杯洗战国，一斗消强秦”。盖胸有丘壑者，退居江湖之远，抑或有大憾焉。前人多谓苏东坡虽“一生心醉陶彭泽”，却与陶渊明诗风相去颇远，金之元好问、清之王文诰皆持此论。其实任何两大著名诗人，哪怕是师生关系，也决计不会诗风一致，然而格调相似的，倒是屡见不鲜。苏东坡对陶渊明所慕尚的，绝不只是诗文，更是其飘然远引的洒脱。他在给弟弟苏辙的信中曾说过：“然吾于渊明，岂独好其诗也哉？如其为人，实有感焉。”可见苏东坡对陶渊明先是心慕，然后方是诗尚。

唯文章永恒

再华丽的语言都将泯灭无踪，再粗糙的文字都可能流传后世。崖壁上的石刻、铜鼎上的铭文，文字并不秀丽，内容并不优美，却穿越千年，被时代赋予了不可估量的价值。

数千年来，情人之间的缠绵软语、亲人之间的缱绻情话、君臣之间的忠贞信言、朋友之间的温暖慰词，其华美者、其动人者、其深刻者，当数不胜数。然并无一句能够保留至今。唐玄宗对杨贵妃无疑说了许多夺人心魄的绵绵情话；赵匡胤对柴世宗一定信誓旦旦地许下了护国诺言；李白在离开长安的送别宴席上可能会发表一番热情洋溢的演讲；岳飞在面对无耻小人的审讯时必然做出慷慨激昂的陈词。然而，不管那是虚伪之言，还是真诚之语；是华美之辞，还是质朴之句，在科技落后的时代，谁能在室里存音，风中留声？只有记录下来，哪怕残篇剩句，都或将大放异彩，更何况那些完整的篇章。

人之辞世，语言亦将云散；而文章却可永恒。所以，有些人只能在熟人的记忆中残存片刻，而有些人却在历史的记忆中保存永远。

经典

经典与流行最大的不同在于，经典历千秋万岁，阅读赏析起来仍然思想先锋、情感充沛，而流行只在当下赏心悦目，过了那个历史阶段，便如水草离开了水，干枯失色，不忍卒视。中国的经典实在是太多，五千年历史，代代都诞生经典，经史子集，浩如烟海。梁启超和章太炎先生都曾列举过必读经典书目，为了不让普通读者望而却步，他们将书目压了又压，删了又删，最后还是推荐了一百多本。然而放眼当今文坛学界，将他们推荐的书籍通读一遍者恐怕都屈指可数，精研要义者就更是凤毛麟角了。我们常感叹这个时代出不了大师，试想，大师认为该掌握的深根固柢之学都不扎实，安求其能创新突破，自成一家！

现如今，每年面世的书籍汗牛充栋，倾人之一生，亦不能阅尽须臾之出版。所以，善于发现经典、选择经典尤为重要。凡经典者，一定有独特见解和深邃思想，惊艳了时光，温柔了岁月，读后令人豁然开朗，再读则温故知新。只有大师可创造经典，只有经典能成就大师。制造文化废品者，不唯浪费了自己的光阴，还无端耗费了他人的生命。其实，避免被误导很简单，只要找到大师们指定的经典，反复阅读即可，初或极难，慢慢就心领神会了。可惜，很多人缺乏鉴别力，被别人随手一指，便沿着歪道不假思索地奔去了，到头来一无所获，还把假咒当作西天取来的真经。岂不痛哉！

从超验到自然

半景山林半景湖，半日闲读半日眠。盛世太平，万里无云，疑虑渐消，心无挂碍。此时读梭罗的《瓦尔登湖》，似乎更有超验主义的感觉。陶渊明选择地偏处结庐，是因为心远意淡，对山水生起了情愫。梭罗选择在瓦尔登湖畔自造木屋而居，虽有解除制度和风俗束缚之意，但他并不是因为热爱山水而隐居。作为超验主义代表，他相信可以超越感性和理性，凭着直觉认识世界，也许那个世界更加真切纯净。于是，他毅然离群索居，最大限度地与大自然贴近，继而融合。这当然得感谢他的良师益友——著名的文学家和思想家爱默生，是他在思想上深度影响了梭罗，而且为梭罗建造木屋无偿提供了土地。刚刚大学毕业不久，梭罗就被爱默生聘为管家。爱默生断定，这个年轻人是一位真正的学者与诗人，就像一棵蓬勃成长的苹果树，日后必将结出累累硕果。

爱默生的预言准确无误。搬到瓦尔登湖畔后，梭罗真正开启了自己的独特人生，他自给自足，过着平淡简朴的生活，读书写作，探索自然，远离了一切人为的活动。为观察一只鸟，他不惜悄立中宵；为测量一块地，他可以不厌其烦；为写好一丛花，他甚至俯仰于地。他在认真地做着一种超验思想的实践，力图做个在精神上影响世界的人。他做到了，《瓦尔登湖》驰名中外，即使是两百年后的今天，依然长盛不衰。当初的梭罗并不是个思想深邃的哲学家，瓦尔登湖也并不闻名遐迩，然而这个超验主义实践却异常成功。梭罗曾表示，“我想饮更深的水，想去繁星铺底的天河垂钓”，多么纯粹而浪漫！我猜想，到最后，他一定忘却了他在做着超验主义实验，而是和陶渊明一样，真正沉迷于自然的美好不能自拔。

相信神话

每逢佳节，总让人想起那些美好的神话和传说。浩浩河汉，皎皎天街，住着无数神仙，在人间留下多少传奇！而在仲秋时节、月圆之夜，人们一定会油然重温嫦娥奔月的故事。

关于嫦娥的传说，现存最早的文字记载出现于战国时期，然而完整呈现为文字则是在《淮南子》中，原文仅二十四字：

> 羿请不死之药于西王母，姮娥窃以奔月，怅然有丧，无以续之。

虽然简洁，却人物、情节兼具，为后来该传说的不断丰满留下无限的想象空间。为了强化故事的美好，人们突出了后羿和嫦娥的爱情主题；为了增加情节的曲折，人们虚构了反派人物逢蒙。短短的二十多字，经过人们两千年的智慧演绎，已蔚为大观。关于嫦娥奔月的诗词歌赋、戏剧小说不绝于史，至今不衰。特别是附丽其上，诞生了一个以团圆为主旨的中秋节。节日因故事而厚重，故事因节日而隽永。

虽然科技的发达，早已让人们看清了月球的真相，那里寸草不生，杳无人迹，更没有嫦娥的倩影、桂树的披拂，那只可爱的玉兔也不见踪影，但人们还是愿意在心中保留着一个广寒宫，它的主人——美丽的嫦娥，立于碧海青天，夜夜思念着她的英雄后羿。

善始善终的神童

说到神童，很多人会首先想到王勃。王勃六七岁时便能写诗，九岁已经撰写了学术著作，十六岁中进士，成为当时最年轻的朝官。但宋朝有个比王勃成名更早的神童，那就是晏殊。晏殊同样是童年时开始写诗，十四岁以神童入试，赐同进士出身。比现在的少年科大生还厉害，那时的进士全国才一千余人，皇帝亲自主持殿试，授晏殊秘书省正字。

晏殊少年成名，天下艳羡。可他却不似王勃那般轻狂，始终老成持重、谦逊有礼。他一生在多个岗位历练，从中央到地方，从宏观到微观，辗转磨砺，一丝不苟，最后官至枢密使，成为宰相。他不仅富有主见，政绩突出，还着力培养人才，大胆奖掖后进，范仲淹、王安石、欧阳修、富弼等名重一时的政要文豪，无不出其门下。尽管他为人十分低调，处处小心行事，仍然遭遇了小人的陷害，两次被贬谪。但奇怪的是，每次贬官，虽都从朝廷下放地方，但都是带衔而贬，保留侍郎或尚书的称号，也就是说，权力虽变小了，级别仍然保留着。这跟他平时为人处世圆融平和密切相关，他的对立面始终无法找到他的硬伤。

因为转益多师，晏殊政治上固然越来越成熟，同时，缘于强大的文笔、丰富的阅历，晏殊的诗词也越来越富丽。其抱旷达，其情闲雅，其词清丽，其声和谐，开创北宋婉约词风，被称为“北宋倚声家之初祖”。其“无可奈何花落去，似曾相识燕归来”（《浣溪沙》）、“昨夜西风凋碧树。独上高楼，望尽天涯路”（《蝶恋花》）、“念兰堂红烛，心长焰短，向人垂泪”（《撼庭秋》）等名句脍炙人口，流传甚广。

考历代神童，多不得善终。而晏殊成名既早，为官又长，还赢得“富贵宰相”之实、“宰相词人”之名，实在是个奇迹。

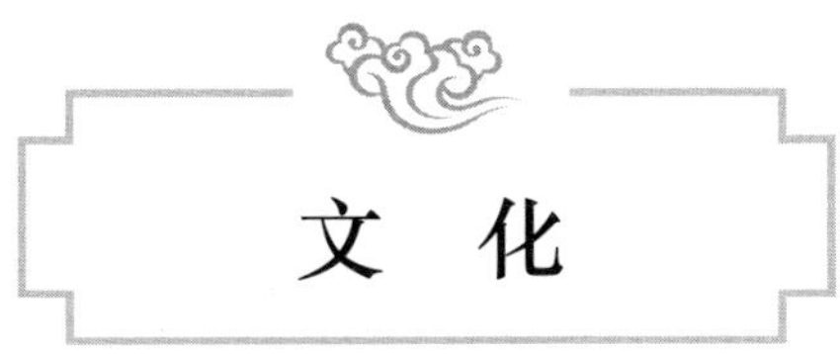

文 化

木秀于林

嵇康这个人实在是太优秀了，上天给了他太多的眷顾。首先是相貌堂堂。长得伟岸挺拔，风度翩翩，在人群中一眼就可辨别。他的朋友山涛形容他：站立时如孤松独立，酒醉时如玉山将崩。其次是才华横溢。不仅诗文写得好，琴棋书画无一不精。诗文《与山巨源绝交书》《赠秀才从军》都是经典名篇。所创作的音乐作品成为后来隋炀帝科举取士的必考科目，著名的《广陵散》是真正的千古绝唱。再次是思想深刻。嵇康是个不折不扣的哲学家，他反对儒家的名教，崇尚道家的自然，提出了"非汤武而薄周孔""越名教而任自然"的著名观点。最后是心性澄澈。

他的人生原则是："内不愧心，外不负俗，交不为利，仕不谋禄，鉴乎古今，涤情荡欲，何忧于人间之委曲？"所以，他不愿为官，与世俗同流合污，宁愿自己开个铁匠铺，打铁为生。精神上保持皎洁，心灵上不落红尘。

但嵇康有个致命的特点，就是傲。傲得无边无际，傲得不近人情。按照他的才能，当然可以视天下人为无物。也许他认为，自己我行我素，与他人无关。殊不知，人与人之间，即使有夺财抢位之恨，也远不如自尊受到践踏，特别是心胸狭隘之人，让他当众颜面扫地，无异于刺之以刀枪，他又岂能容你，必欲置之死地而后快。嵇康就是因为蔑视权贵，令其自尊受挫，恼羞成怒。最后，嵇康被陷害入狱，虽有三千太学生为其请愿求情，终不免一死。

嵇康最后一次弹奏《广陵散》，曲毕长叹："《广陵散》于今绝矣。"然后从容就刑。那年他三十九岁。上天慷慨地赋予他太好的禀赋，却吝惜为他略加岁月。

曾经的灿烂

透过青山，隔着云端，数十里之外，我便能感受到流坑的郁勃文气。浑厚的乌江、静谧的龙湖，在雨中氤氲着灵意。那错落的建筑、寂然的残垣，无声地诉说历史。让我的思绪溯流千古。

难以想象，流坑这个古临川府的偏僻村落，居然创造了一个足令人们叹为观止的文化现象，为两宋以来的历史贡献了一份精彩。

流坑建村，始于南唐，经董氏经营，于两宋臻于巅峰，明代又一次繁盛。素有“一门五进士，两朝四尚书、文武两状元，秀才若繁星”和“欧（欧阳修）董（流坑董氏）名乡”之美誉。正因子孙英武，门楣光大，董氏跻身两宋江西吉州四大家族之一。

董氏一门，英才辈出，持续接力，故能绵延至今。比如董文广，开基祖董合之长孙，曾于宋真宗大中祥符二年（1009 年）中进士，他倾其家产，创办“桂林书院”，招纳培养了大批人才。比如董仪。北宋景祐元年（1034 年），董氏一门父子、兄弟五人同中进士，董仪为其中之一。他重视教化，以德惠民，终成北宋名臣。比如董藻，靖康元年（1126 年），宋廷为抗金特设一科以测谋略，董藻考取第一，时称“武状元”。比如董德元，绍兴十八年（1148 年）五十三岁时中进士，殿试第一，因有官在身，恩例与大魁等，故称“恩榜状元”。比如曾丰，于乾道五年（1169 年）中进士，后官至朝散大夫。虽仕绩不显，但有文名。一生存诗五百多首，文一百六十余篇。比如董德修，曾在宋大师陆九渊门下学习，后成为开启流坑理学的宗师。

大抵如此，不一而足。然岁月蹉跎，家族亦有荣衰。赫赫的董氏家族，历经沧桑，毁于兵匪盗乱。明嘉靖四十年（1561 年），钟凌秀的农民军窜入流坑大肆烧掠，董氏大宗祠被焚毁。清咸丰七年（1857 年），太平军攻入流坑烧杀砸掠，村衢慢慢萧条。民国十六年（1927 年），北洋军阀孙传芳残部邢玉堂攻打流坑，烧毁董氏大宗祠和村中十余座宅第。

于村中漫步，我仿佛置身于那些灿烂的年代，尾随那些先贤的足迹。如今他们早已儿孙满堂，无穷匮也。然则千百年辉煌过后的今天，子孙当中或有一个两个成英才？我期待流坑的再次繁荣。

精华不可弃

自从白话文运动以后，我们离传统似乎隔了一道鸿沟，越江观景，自然是模糊不清、似是而非的。很多人自以为得了传统真意，其实多为一孔之见，如盲人摸了半天的象，各说不一。真正懂得传统、学贯东西的那批人基本都已经驾鹤西归了。西学东渐后，日益占据了主流，西方数百年来遗失在尘埃里的思想观念和艺术形态，都被越来越精确地翻译过来，成为人们标榜学厚的谈资。而对传统，反而越来越生疏模糊，不得要领，也就越来越学思粗糙了。偶尔有人做些翻译讲解，不是言不及义就是只及其表。经过数代的疏懒摒弃，我们对于本土的经典文化阅读理解起来都费劲，更毋庸谈弘扬创新。

不屑于自己固有的传统精华，青睐他人咀嚼的文化残渣，永远改变不了邯郸学步的命运。故欲立一国之形象，必先立一国之文化。有了自主品牌的产品，经济的依赖便消失了；有了源于历史的文化，民族的独立才完成了。

沧浪亭之荣衰

沧浪亭始为宋苏舜钦所建，不过是谪居吴中时聊以吟赏竹树、凝神静气之所，几经辗转修葺，已蔚然成为千古名亭，天下好景者熙熙然慕而游之。沧浪亭之名显，实因苏舜钦之《沧浪亭记》，而其中寓深者，莫过于遭人参劾贬谪后的仕途慨叹："惟仕宦溺人为至深。古之才哲君子，有一失而至于死者多矣，是未知所以自胜之道。"他认为人的情感要外遇于物，然而寄寓久了，又将沉溺其中，而最难以自拔者，便是迷恋于仕宦。

可见，苏舜钦还是很有智慧的，不仅悟出了个中道理，还能购地置园，化忧烦愤懑于自然之境，以使骸适而神驰。他的《阻风野步有感呈子履》诗中亦有所表达："抖擞尘襟莫回首，谤书终不到溪山。"尽释荣辱，属意山水，幅巾以往，鱼鸟共乐。这便是苏舜钦建造亭园的目的。不意因此深为后来之雅士所好，

沧浪亭便历时而愈见贵重。时至今日，游人如织，于中或有深悟苏舜钦之初衷者？

馈赠的古今差异

古人似乎比我们更重情谊，也更有雅趣。送别、重逢和怀念时，都会有诗相赠。陆凯于南方的梅岭赏梅，恰逢驿使将行，引起了他对身处北国的朋友范晔的深切思念。于是，他折梅一枝，托人带给范晔，并附诗一首："折花逢驿使，寄与陇头人。江南无所有，聊赠一枝春。"两人之间，似乎馈赠什么都不足以表达深情，要送就将整个江南的春天送给远方的朋友吧！

时至今日，人们彼此之间当然还有情谊，当然还有送别和思念，无疑也会有馈赠。但基本没有诗词歌赋，更不会折柳摘花。至于赠送江南春天，捎带明月清辉，吟唱《阳关三叠》，则是决计连想都想不到的。不知是古代人太过迂腐还是现代人太过现实，总之，朋友之间似乎情谊薄了，思念淡了，物质馈赠倒是繁复了。相较于粮食蔬菜、金银珠玉，我倒情愿接受些思想的开导、良言的劝慰，因

为在这个风尘弥漫的世界，这些无异于最时令的礼品。当然，作为回馈，我也将毫不吝惜地呈上我毕生的心得、刹那的顿悟，尽管不一定珍贵，但绝对独一无二。

王昭君故事疑点

王昭君事最早见于《汉书》，但极为简略，三言两语而已。只云王昭君是个良家子，并不着墨其他。《后汉书》对王昭君和亲的来龙去脉描绘详尽，细述王昭君因入宫多年未曾见宠，心生幽怨，主动提出愿远嫁塞外，和亲匈奴。“昭君丰容靓饰，光明汉宫，顾景裴回，竦动左右。”汉元帝大惊，欲留而不得，无奈赐婚匈奴单于。及至葛洪所编的《西京杂记》，王昭君的故事更加丰满生动，虚构了宫廷画家毛延寿这个人物，言其利用手中为元帝画后宫美人像的权力，向王昭君索贿不成，故意将其丑化，致使王昭君长期受到冷遇，不得见幸君王。后来匈奴单于求婚，汉元帝按图以昭君行，临别方知王昭君“貌为后宫第一”，姿容绝代。汉元帝悔之无及，将满腔怒气发泄在画师毛延寿身上，立斩而后快。

这一故事虽然凄婉动人，情节曲折，富有戏剧性、传奇性，却缺少逻辑性。首先，皇帝要见后宫美人当以面见为佳，简单明了，真切实际。根本无须画师画像，既失原貌，又失神韵。其次，汉匈和亲，单于既求汉之公主，当然在容貌、气质上有相应的要求，毛延寿既将王昭君画丑，汉元帝如何好意思让丑公主和亲。再次，如果临别时真的发现王昭君貌美绝伦，作为汉君，强留下来的理由和办法实在是很多，岂能束手无策，无奈赐予？

数千年来，王昭君的故事广为流传，深入人心。以之为主题的诗词、文章、戏剧，数不胜数。无疑，文学的魅力无穷，但从历史的视野考究，王昭君的故事却经不起哪怕最简单的推敲。确实，历史就是这么枯燥无味。

融通古今

“五四运动”狂飙突进，革故鼎新，以壮士断腕的勇气自我疗毒，凤凰涅槃。其时有不得已之势，人们有不得已之情。正如沉疴日久，不灌之以猛药，实在无法重生。然施以重手，必然会留下后遗之症。如今理性审视，当时与一切传统决裂，虽情非得已，却损失甚巨。特别是为了提倡新文学，高喊打倒“桐城谬种，选学妖孽”，把数千年经典文章不分青红皂白，一并扫入历史的垃圾堆，实欠妥当。

桐城派虽承继唐宋古文遗风，时有名士佳作，但总体呈衰微之势，废除也就罢了。《文选》一书，并非一人专注，而是自周至梁八百年诗文之精华选集。乃昭明太子萧统集其时文坛英华，秉持“事出于沉思，义归乎翰藻”的高严标准，共同细选精编而成，其中粲然可观者比比皆是。书成后一直为后世所推崇，并作为诗辞骈文创作之学习范文。

“五四运动”的先驱们虽然厌恶摒弃传统文化，但他们已经打下了坚实的传统文化基础，以此为体，兼融西学，故反得大成。今人已遗忘传统，不读经典，只执现代一端，不免有头重脚轻之患。不妨多读读《文选》之类古籍，以深根固柢。

崇仁崇义

一个偶然的机会，我途经一个其貌不扬的江南山城，其路不甚宽，人不足多，然规划甚整齐，街道足干净。山雨一来，风亦满楼；春天一来，柳即含笑。人皆淡然平静，不着风尘；花皆不知其名，却分外香。让我颇感兴趣的是，城名崇义，心想必有来历，查其出处，果然得名于心学大师王阳明，取“崇尚礼仪”之意。

孔曰成仁，孟曰取义，自古仁义便是中国精神的灵魂，历千百年绵延不绝。偏僻如此之山城，居然得到王阳明的亲自命名，寄寓着中华文化的血脉，端的是令人惊叹。其街头巷尾，许真有屠狗卖浆者流，位未必显赫，财未必富厚，然其舍生取义之精神，或自古沿袭至今，因足迹匆匆，未能亲证，但城中人之质朴淳厚已可触可感。

既有崇义者，当有崇仁地。在赣中地区，居然真有山城唤作崇仁。猜想其必然由来有自。稍加研究，发现名亦有因。元著名理学家吴澄，折中朱陆（朱熹与陆九渊）独成一家，于此创立了“草庐学派”。明理学大儒吴与弼于此创立了“崇仁学派”，被《明儒学案》列为第一学案。盛产儒学大师的地方，岂能不崇仁！

奇妙的是，崇仁崇义皆属江西，而区区在下即是江西老表，甚幸！

青山遮不住

郁孤台位于赣州西北之贺兰山，因“隆阜郁然，孤起平地数丈”，故而得名。其始建于唐朝，苏东坡、辛弃疾、岳飞、文天祥、王阳明等一众文豪均曾登临游览，并多感而赋诗为文。然以辛弃疾《菩萨蛮·书江西造口壁》一词最为著名，刘克庄盛赞该词：“大声鞺鞳，小声铿鍧，横绝六合，扫空万古，自有苍生以来所无。”八百多年来，无数英雄豪杰、文人墨客为之倾倒。毛泽东就曾手书此词，认为其“语言蕴藉，意味深长”。

缘何众多著名诗人来此赋诗填词，独辛弃疾一词独领风骚？因其情怀高远，寄寓深远之故：

郁孤台下清江水，中间多少行人泪。西北望长安，可怜无数山。

青山遮不住，毕竟东流去。江晚正愁余，山深闻鹧鸪。

诗人立于造口，看大江东去，感隆祐皇后被追杀事，叹黎庶亡命之悲，而怅收复河山之志不展。更哪堪乱山深处鹧鸪声声："行不得也哥哥"。此情此景此境，能不令人感怀痛憾！凡有志于家国者，自然引以为同道。

今登临来思，油然悼念古人，感慨系之，似有未开之襟抱，亦不免无由一叹。

绵延的天一阁

明之范钦，一生为官，却一直无意于官场，辗转升迁，不意竟官至兵部右侍郎，但他心有所寄，辞而不赴，归而建“天一阁”藏书楼，一心收集珍藏书籍，毕生孜孜不倦。考其政绩，无论在朝廷还是地方，都平平无奇。做官，不过是他收藏书籍的最佳途径，不管走到哪里，他都要利用职务之便，到处搜集寻觅书籍，充实自己的书库。确实，如果没有“天一阁”，区区一个兵部侍郎，恐怕早已被后人遗忘。但作为“天一阁”的主人，他和“天一阁”一起活了四百多年，并将长期活在人们心中。说明当初他薄官重书的选择是正确的。

收藏固然痛快淋漓，移交却成了棘手难题。临终前，范钦深思熟虑后，将家产分为两份，一为万两白银，一为一楼藏书，由两个儿子选择继承。他的大儿子范大冲毅然放弃万贯家财，选择了注定需要着力维护的一楼藏书，成就了一段佳话，也为此付出了巨大的心血。此后，范氏族人展开了一场没完没了的接力赛。按照范钦“代不分书，书不出阁”的要求，范家十几代人相继制定了一系列的书楼管理规定，成功地将“天一阁”保护到了现代。虽然范氏嫡传已断，但“天一阁”中的藏书得到了接续。追源溯流，范钦功莫大焉，远甚于他为郎做宰所能做的贡献。

鉴湖之灵

柯岩之景实因鉴湖而著。王羲之有诗云，“山阴道上行，如在镜中游”，故鉴湖又称镜湖。远处青山，湖中绿水，长堤垂柳，拱桥相望，白鹭旋舞，渔舟唱晚，一派江南水乡风光。然游湖畔，景致虽幽，略嫌狭促，难以畅快淋漓。查其占地，不过区区不足一平方公里，袖珍玲珑，只能似此细求精致而无力于宏阔。

鉴湖始建于东汉，时会稽太守马臻兴修水利，纳山阴、会稽三十六源之水为湖，顿解饮用灌溉之难，湖周农民尽得其利。鉴湖一度达二百多平方公里，远比西湖辽阔，几可与几大天然名湖相媲美。即使到了唐朝，鉴湖依然以广大而闻名。李白曾有诗为证：“镜湖三百里，菡萏发荷花。”三百里湖面，足以夸耀于世。中唐以后，鉴湖逐渐淤积缩小，北宋以降，豪绅筑堤置堰，盗湖为田，湖面骤减。慢慢地，鉴湖便被蚕食殆尽，不复当年之盛了。故袁宏道诗云：“六朝以上人，不闻西湖好。”鉴湖之广阔，只停留在六朝以前人的印象中，宋以后，鉴湖被割裂分解，化作池塘溪河，只留下影影绰绰的轮廓。

即便如此，鉴湖之水仍哺育了一个个名人，孕育了一代代风流。唐之贺知章、宋之陆游、明之徐渭、清之秋瑾，皆出生于鉴湖之滨，而驰名于华夏大地。鉴湖之水清澈甜美，不仅是酿酒的上好琼浆，更是育人的绝佳玉液。

故乡悲情

大抵在十三岁以后，鲁迅就对故乡绍兴产生了厌倦情绪，决心到另外的一些地方与另外的一些人交流共处。本来富有热情和仁爱之心的少年鲁迅，在家庭变故后，变得幽愤而默然。因为祖父官场落魄，父亲卧床不起，家业急剧败落，少年鲁迅不得不经常前往当铺，在与他等高的柜台前典卖物件，转身又走进药店买药。

岁月在这一卖一买中艰难度过，而鲁迅也在他人的冷漠侮蔑中凉透了心。他在《〈呐喊〉自序》中沉痛地说道：“有谁从小康人家而坠入困顿的么，我以为在这途路中，大概可以看见世人的真面目。”

从无忧无虑的富家子弟，到家道中落的破落子弟，其中的冷暖悲欢，鲁迅一一尝遍。在毅然将绍兴的祖业故居全部处理后，对于故乡，鲁迅只留下童年的美好回忆和少年的愤然远离。我想，当时他割断与故乡联系的纽带，漂泊天涯，心中也许有些张皇失措，但更多的应该是如释重负。远离了势利冷漠之地，不管陌生的地方多难融入，至少不必再看熟人的脸色。虽然鲁迅毕业后短暂地回乡教过书，但可以明显地看出，他并不喜欢他的故乡。

如今绍兴以他小说中虚构的人物和场景，建造了鲁镇，经营起咸亨酒店，维修了他的故居，并开设了鲁迅纪念馆。对他冷眼相待的故乡人，早已对他推崇备至。虽然鲁迅生前对他的故乡伤心失望，他的故乡却因他而饱受恩惠。这恐怕是鲁迅始料未及的。

灿烂的兰亭

兰亭集会缘起于一种简朴的修禊事习俗，却成就了一段生动的魏晋风流，演变为一个著名的文学沙龙，生发出一次最大的书法现象。修禊事不过是会稽当地的民俗，临水洁身，祈福除灾，当地人年年如此，并没什么稀奇。关键是突然来了一批风流人物，也加入到修禊的行列，他们曲水流觞，吟诗作赋，顿时让古老的习俗焕发出时代的气息。谢安、孙绰、王羲之，这些闪闪发光的名字，让会稽山阴之兰亭突然大放异彩。当时也许是寻常，过后却意义非凡，难以想象。

四十一人的兰亭集会，本来旨在一展众人之文采风流，结果三十七首诗没有一首得以流传，而作为辅助的序文却写得惊天地泣鬼神，成了脍炙人口的绝好文章。更有甚者，王羲之“微醉之中，振笔直遂”的《兰亭集序》，不只以文名，且以书传。其书飞扬灵动，淋漓酣畅，秀美隽永，被毫无争议地誉为“千古第一行书”。唐宋以降，历代帝王书家，无不膜拜从教，一代明君唐太宗居然喜欢得非要将其带走陪葬。康乾二帝也亲临兰亭，赋诗书碑，以示尊敬。直至今日，兰亭仍是书法爱好者心中的圣地。

王羲之一生创造了两个奇迹：创作了一篇文学经典，制造了一个书法事件。他以一人之力，将浙东文化推向了巅峰，并成就了几乎大半个书法历史，壮哉！

屈居其次的湘湖

萧山之湘湖，距杭州中心区不过二十公里，其山水之秀，景色之丽，堪称绝佳。八千年古舟，三万顷碧波，置之他处，怎么也是头等名胜，受万千旅行者宠爱。然而，湘湖之不幸，在于遇到了西湖。论地理，论历史，论风景，湘湖决计不至于与西湖相去甚远，甚至还有不少优于西湖之处。然而，在人们心中，湘湖只是西湖的姐妹湖，是绝好的陪衬，却永不可能取代本尊。

深究其因，无他，还是人文的力量决定了高下。湘湖虽见证了勾践的“卧薪尝胆”，留下了李白、贺知章、陆游、文天祥、刘基等名家的足迹，得到了杨时、朱筠、周易藻、魏骥、毛奇龄、孙学思等文人的诗赞，其中，造湖者杨时还是“程门立雪”故事的主人公，有关湘湖的历史人物阵容不可谓不豪华，诗词歌赋不可谓不精美，但比起西湖，还是逊色不少。

白堤、苏堤、杨公堤、赵公堤、断桥、雷峰塔、钱王祠、净慈寺、苏小小墓，每个景点都有故事人物，个个差堪惊艳。白素贞与许仙、梁山伯与祝英台、苏小小与阮郁，三段凄美的爱情故事为西湖平添了几分浪漫色彩。岳飞、于谦、张苍水，西湖青山碧水有幸，安葬了三位英雄，从此蕴含铮铮铁骨之意。白居易、苏东坡、杨万里、欧阳修、辛弃疾、林和靖、柳永都与西湖结下不解之缘，留下了无数诗词篇章，且篇篇精美绝伦。“水光潋滟晴方好，山色空蒙雨亦奇。欲把西湖比西子，淡妆浓抹总相宜。”“山外青山楼外楼，西湖歌舞几时休。暖风熏得游人醉，直把杭州作汴州。”“毕竟西湖六月中，风光不与四时同。接天莲叶无穷碧，映日荷花别样红。”太多太多，不胜枚举。

西湖的驰名，与其说是景色秀绝，不如说是人文无双。湘湖虽景致与西湖相当，终究还是略输文采，居于其次，实在算不得委屈。

心宽寿永

柳宗元与刘禹锡皆以诗文闻名天下，合称刘柳。实际上，两人不仅是著名的诗人，更是杰出的政治才俊。当年王叔文推行“永贞革新”，他们都是其中的中坚力量。革新失败后，又都被贬谪蛮荒，成为“八司马”之一。两人的诗文各有千秋，都很上乘，但性情和禀赋差异较大，柳宗元内敛凝重，刘禹锡豪放大度。他们在政治上志同道合，在诗文上互相唱和，在交情上生死不渝。

同时远谪偏僻之所，柳宗元内心十分彷徨愁苦，只好借山水排遣幽愤。刘禹锡却满不在乎，饮食快乐如常。结果十年后，柳宗元病逝于柳州任上，未能等到回京的那一天，终年四十七岁。刘禹锡却潇潇洒洒地返回了京城。当时市郊有个道观，道士们在观中种满桃花，春天里红如彩霞，美丽异常，京城人皆呼朋引伴前往游览。刘禹锡也去凑了个热闹，并写下著名的《玄都观桃花》：“紫陌红尘拂面来，无人不道看花回。玄都观里桃千树，尽是刘郎去后栽。”暗中嘲讽朝廷当政的官员：你们今天人模狗样的，还不都是老子走后才投机上位的吗？

不久，刘禹锡又到外地干了十四年的地方长官，再次回到京城，重游桃花观时，却发现桃花和种桃的道士都不见了。于是，他又写了一首脍炙人口的《再游玄都观》：“百亩庭中半是苔，桃花净尽菜花开。种桃道士归何处，前度刘郎今又来。”言外之意是，当年你们不是很得意吗？现在老子又回来了，你们这帮小人呢？不也死的死贬的贬，早已不见踪影了吗？

刘禹锡就是这么强大，才不管他升降得失呢，自己痛快就好，从不顾及别人的目光和想法。宦海沉浮，对他没有什么影响，反而让他更加坚定耐磨，热爱生活。所以，他活了七十多岁，在古代也算是长寿了。从心理素质上讲，他比柳宗元确实高出一筹。

挽歌

礼，贯穿了整个中华文化。生老病死、升黜战和，都有礼仪附丽其中。虽然烦琐，却体现了古人对生命和万物的敬畏。葬礼，于他们而言，是最为庄严肃穆的事情，必须一丝不苟。伴随葬礼，挽歌不可或缺。

挽歌者，丧家之乐也，为执绋者相和之声。挽歌共有两章，一为“薤露”，一为“蒿里”，相传为汉初田横门人所作。田横自杀后，门人伤感，作悲歌曰：“人就像薤叶上的露水，转眼便蒸发消失；人灭之后，精魂将回归蒿里。”歌词哀切，闻者落泪。汉武帝时，协律督尉李延年改二章为二曲，以《薤露》送王公贵族，以《蒿里》送士大夫庶人。后葬礼一直沿用此挽歌。

挽歌于何朝何代停止，不得而知，丧乐一变再变，然似乎都不如挽歌哀伤感人。如今挽歌只存于文人诗文之中。葬礼照旧有，丧乐依然放。只是礼已很草率，乐亦不伤悲。也许人们不愿过多沉湎于已失，而更愿寄望于未来。如此，挽歌再凄美，亦不合时宜。

驸马的由来

中国传统戏剧里，多有贫寒士子高中状元，被皇帝招为驸马的故事。普通庶民认为，中状元拜驸马，是读书人一生最为高光的时刻，荣耀幸福无以复加。

干宝在《搜神记》中记载了最早的驸马故事：秦时有个叫辛道度的学子，到雍州求学。一天夜里，人困马乏，饥肠辘辘，见一大宅院，便叩门求食。主人是个美貌女子，慷慨待客。并坦承自己乃秦闵王之女，少年时病亡，已二十三年。愿与辛道度结为夫妇。辛道度喜出望外，欣然应允。三天后，秦女说，我们人鬼殊途，合之不祥，缘分已尽，还是就此分手。于是，两人分袂泣别。临行，秦女送辛道度金枕一枚。辛道度到了秦国都，将金枕拿到街市兜售，被秦王妃认出是亡女的故物，便详问辛道度缘由，辛道度一一细述。秦王妃始疑，让人发掘女儿坟墓，果然一切未动，只缺金枕，方信辛道度所言不虚，不由得悲喜交加，悲者，阴阳相隔，母女不得相见；喜者，女儿虽已为鬼，却仍得佳缘。于是，加封辛道度为驸马都尉，赐金帛车马。自此帝王之婿，皆称驸马。

这当然是“驸马”由来的民间传说。事实上，驸马都尉在西汉才设置。秦汉时期，出于安全考虑，皇帝乘车出行，会同时安排一辆一样的马车随同，以乱人耳目。正如当今的各国首脑参观访问，总是一个车队出动。到汉武帝时期，始置“奉车都尉”和“驸马都尉”，前者掌管正车，后者掌管副车。两汉时，驸马都尉多由皇亲国戚、勋臣的子弟担任。到三国魏时，何晏娶金乡公主为妻而拜驸马都尉；晋代王济做晋文帝女婿后也拜驸马都尉，后世沿用魏晋之例，凡与公主结婚者，皆拜驸马都尉。

明清以前，驸马的官阶并不高，到了清朝，驸马称为“额驸”，地位才显赫起来，甚至成为顾命大臣，掌管军务国事。

金榜题名，娶金枝玉叶为妻，这一直是旧时读书人的梦想，其实都是被戏情所误。做了驸马，未必就能官居显要；成了快婿，未必就能生活美满。

生死不渝

相思之苦，相信许多人都曾饱尝，然“相思”之名，却未必尽知源起。战国时，宋国国君宋康王手下有个人叫韩凭，其妻何氏，美而坚贞。康王见了，便软硬兼施，最后夺为己有。韩凭心中不忿，全力抗争，结果被康王关押，判服劳役。其妻虽然身享荣华，却食不甘味，心中所念唯韩凭而已。于是，她暗中修书一封，辗转送到韩凭手上，因为担心被康王截获，书信用词隐晦，但最终还是被康王手下一位聪明的大臣破译了。书信的大致意思是：不能相见，甚是想念，唯有一死，了却心愿。韩凭看后，当即自杀。其妻亦暗自准备殉情。她先将自己光鲜的衣服偷偷弄腐，在一次与康王同登高台时，纵身从台上一跃而下，左右护卫赶紧飞身抢救，但因为其衣服质地已腐烂，虽然抓住了衣服，却依然没救到人。

何氏自杀前曾在衣服上留言请求康王，希望死后与韩凭同穴而葬，康王愤怒，偏偏让两人分葬，而且隔了一段距离，并恨恨地说，看你们还如何相爱相合！出乎他意料的是，两座坟墓上同时长出了两棵梓树，旬日之间，便参天合抱，树枝在空中交叉，树根在地上缠绕。树上常有两只鸳鸯鸟，日夜交颈悲鸣，音声动人。人们同情韩凭夫妇的遭遇，称其树为“相思树”，“相思”一说从此而始。

当初宋康王为得到韩凭妻，应该是对韩凭曾诱之以利，高官厚禄、金银珠玉，只要韩凭肯放弃，这些都唾手可得，但韩凭不为所动。他的妻子何氏就更了不起了，被富有四海的一国之君看中，乘肥马衣轻裘，仆役成群，众人仰望，但她视若粪土，只愿与韩凭过着平淡的生活。生既不能同寝，他们就指望死后同穴，不能合葬，就顽强地化为树鸟，相拥相依。今大街闾巷，常听人动情地歌唱：死了也要爱。是耶？非耶？唯当事人知。然韩凭夫妇已完美诠释了生死不渝的内涵。

易数

东汉中后期，皇帝大都寿命较短。新皇帝常常是不懂世事的孩子，因为过于弱小，朝中大权往往为外戚或宦官所攫取。桓帝初期，外戚大将军梁冀用事，独霸朝纲。后桓帝联合五个宦官，终于把梁冀扳倒了，将梁氏家族斩尽杀绝。然而，政权又旋即旁落宦官之手，比梁冀当权更加腐败恶劣。

梁氏一门覆灭，懂得易数的人曾经预先看出端倪。梁冀炙手可热之时，其妻孙寿发明了一种妆扮，流行京都，为天下女子所效。其名唤作愁眉、啼妆、堕马髻、折腰步、龋齿笑。愁眉就是又细又弯的眉，看起来充满愁意；啼妆就是眼睛下面施一层薄粉，看起来像啼痕；堕马髻就是发髻往一边倾斜，像是从马上掉下来，致使发髻松乱；折腰步就是走起来软绵绵的，像是腰支撑不住身体；龋齿笑就是笑起来不畅快，像是犯了牙疼。这似乎意味着，官兵抄家，妇女们忧愁啼哭，发髻凌乱，腰椎折断，即使强颜一笑，也是痛苦无欢。

这种解释当然有些牵强附会，但古人善从民风民俗、奇迹异相中分析人事变化、历史走势，这是颇值得学习效仿的。他们甚至有专门的机构人员，深入民间采风，听取民谣，观察民风，然后认真研究判断，以作决策参考。这比闭门开会、凭空想象科学得多。

方士与魔术

魔术由来已久，且早期的技巧并不亚于当今，如果不是得益于科技的支撑，现代的魔术应该是呈衰微之势。干宝的《搜神记》虽云搜神志怪，其实现在看来，很多案例无疑是魔术而非鬼怪之故，只是那时的魔术已经手段高明，人们无法破解，只能归为神鬼故事。

《搜神记》中曾记载，有个天竺胡人来到江南，表演了三项绝技。一是用刀将舌头截为两段，但见血流满地，尚以断舌示人，俄而将断舌含于嘴中，舌头完好如初。二是请两人各执绢布之两端，于中以剪刀剪断，然后将断开的绢布拼在一起，竟神奇地接续为一。三是口中喷火，火能煮饭烧水。纸绳之类眼看着被火烧毁，待火灭后，于灰烬中拨寻，居然丝毫不损。这几个魔术即便现在拿到舞台上展演，仍然很是惊艳，更何况是一千多年前！

最让人不可思议的是，《搜神记》中还记录了一则左慈显神通的故事，看起来似乎是魔术，却比魔术神奇得多。曹操大宴宾客于北国，珍馐俱备，唯憾缺少江南吴淞江的鲈鱼，座中方士左慈轻描淡写地说了声："这好办。"随即让人取来一个装满净水的铜盆，用钓竿于盆中垂钓，一会儿竟钓出一尾鲜活的大鲈鱼，一时满座皆惊。曹操说："今虽得鲈鱼，可惜没有川蜀的生姜。"左慈说："这也容易，我去去就来。"曹操恐怕他在附近市场买到，特意告诉他说："先前我派了两人去川蜀购买彩锦，你告诉他们多买几匹。"左慈答应一定转告。未几，左慈便买来了蜀姜，并告诉曹操说，在蜀地碰到了他的两个使者，已告知了他的要求。一年多后，曹操的使者自蜀地返回，果然多买了几匹彩锦，并证实确有人传达了曹操的命令。

近观现代近景魔术"隔空取物"，似与此有异曲同工之妙，或真有其事亦未可知，只是左慈比现代魔术师更加高明巧妙。遗憾的是，这类方士再也难在人间发现，也许他们真的隐居方外了。

教　育

书要一本一本读

读书之法，大抵各有其道。有人观其大略，有人精读细研，总以得其精髓要义为上。而曾国藩读书，最大的心得在于，一本接着一本读，一本未读完，决不开读他书。他在致诸弟的信中告诫说：“但一部未完，不可换他部，此万万不易之理。阿兄数千里外教尔，仅此一语耳。”曾国藩毕生读书，唯对此悟最为看重，必有刻骨铭心之益处。遵循此则，试读一段时期以来，发现好处颇多：一是精力思绪集中一点，不仅

进展迅速，且体悟良多；二是颇有成就感，给人自信心，利于坚持不懈，长久推进；三是通读以后，全书意义明白晓畅，容易举一反三，融会贯通。

曾国藩平生做事最有韧性，读书也是如此，一天接着一天读，一本接着一本读，读着读着，就博超学林，识越众人了。正如与人竞走，并不追求速度，而是贵在不舍，走着走着，就逐一追越，最后独领风骚。

讲课与讲座的异同

讲课与讲座，形式上似乎并无不同。然而，讲课多是作知识性普及与传播，只要将已形成通识的知识宣之于口便可，当然这其中有许多讲述的技巧和方法，比如节奏度、生动性、代入感等，这决定了一堂课的品质好坏。而讲座则完全不同，不仅要注重丰富的知识、大量的信息传输，更要着力于融会贯通学问之后的观点独树，至于演讲技巧倒在其次。高质量的讲座都展现了演讲者的思想深度和精神力量，是其长期浸淫一定领域后的精华流露，容易启人深思，引人共鸣。

学者胡适曾应邀到青岛大学考察，梁实秋等人临时请他给师生们做一次名为“文化上的山东”的主题演讲，胡适有点措手不及，赶紧到朋友那里借了《史记》《汉书》等经典史集，加了一个晚上的班拟就了一篇急就章，第二天演讲时掌声雷动，好评如潮。

讲山东人对文化史的贡献，不对历史了如指掌，如何能在一两个小时内深入浅出地进行独到阐述？胡适能在极短的时间内给出一场高品质的演讲，完全得益于他的深厚底蕴。在资讯发达的当今时代，我们经常能听到各种讲座，尤其是在高校科研机构，但讲座者其实多是讲课者，照着讲稿或投影有条不紊地授业解惑，而真正传道者却难得一遇。

深入浅出

一切高深的学问都是由繁趋简，而不是由简入繁。比如数学中应用各种公式层层演算，有时却是为了证明一加一等于二。物理中大量复杂的量子实验，最后获得了“量子纠缠”这个似乎并不稀奇的概念。哲学中笛卡儿研究了大半生认识论，但以“我思故我在”最著名。《红楼梦》讲了那么多纷繁的俗情世事，只告诉人们一点，即红尘如梦。

简单的事物才凝聚着深刻的道理，复杂的事物反而道理不够清晰。所以，那些学问不深的人，往往喜欢故弄玄虚，把事情故意搞得很复杂，以示自己思维深刻，逻辑严密。而学问渊博的人，却能言简意赅，深入浅出，将复杂的问题三言两语便说得清清楚楚。判断一个人的学问深浅其实很简单，强者以其昭昭，使人昭昭；弱者以其昏昏，使人昏昏。

学而知之

《论语·季氏》载孔子语：“生而知之者，上也；学而知之者，次也；困而学之，又其次也；困而不学，民斯为下矣。”孔子将人分为几种：有天生就懂道者，这是极少有的天才，属于最上等，有通过刻苦学习才懂道者，无疑要花上一段时间，比天才慢上一拍，居于其次，有经过困厄阻碍，不得不沉心学习而懂道者，兜兜转转跌跌撞撞，又次一等。至于那些陷于困境、跋涉泥沼却始终不愿意学习者，就不可救药了，永远是低素质、低档次的人。

孔子说他自己："我非生而知之者，好古，敏以求之者也。"显然，他并不认为自己是个天才，而是通过勤奋学习，努力思考，最后融会贯通，才成为一个得道者的。也许在他心中，尧舜禹汤文武周公这些明君圣人，才称得上是生而知之的天才，不需学习，却能治国平天下。

其实，孔子又何尝不是一个生而知之者，只是他比较谦虚罢了。虽然他的政治主张未能畅行天下，自己也无缘为君为侯，但对于道，又有哪位生而知之者、学而知之者或困而知之者，能体悟得比孔子更深刻更透彻，又有谁讲述、示范得比他更精准更生动呢？朱子云："天不生仲尼，万古如长夜。"然！

读书须大柴猛火

读书为文，正如习武歌唱，须得天天练习，保持一种学习创作状态，则思维一直高速运转，灵感时或乍现。今日手不释卷，数日手不触书；今日下笔不休，数日不留片言。三天打鱼，两天晒网，心思大脑短暂加热，又迅速冷却，长久封存。略起的读书之兴，稍得的写作之悟，很快就淹没无踪，安求其能博学问，成佳文？

曾国藩认为，读书作文“如煮饭然，歇火则冷，小火则不熟，须用大柴大火乃易成也”。需要不断地加柴烧火，始终保持高温易燃状态。读书则常读常有新悟，作文则常作常有新意。无须像发动一台冷却甚至锈蚀已久的机器，等上老半天还不能顺利运转。坚持每天都读写，对训练毅力和恒心无疑大有裨益，更重要的是，根本无须经过热身，俄顷便有妙悟，信手便有妙文。

沉心阅读

数千年光阴已逝，日月山川仍在，而人事更迭如潮。风和日丽的岁月也好，金戈铁马的时刻也罢，都化作皇皇二十五史，成为过往烟云。现代的人，想弄清楚前世今生者，自然会去叩问历史；只想潇洒走一回者，取次文物也懒回顾。古人及其故事很远，只在书中，遥不可及；古人及其故事也很近，就在书中，触手可及。谁都知道，以史为镜，可以知兴替，但二十五史，通读者能有几人？有人曾放言，全部读完二十五史者，不会超过十人。

这其中当然包括陈垣、吕思勉等史学大家，陈寅恪就更不在话下。伟大的政治家、思想家毛泽东当然也是其中之一。而读尽天下经典的狂狷才子钱锺书，虽并未显示通读过二十五史的记录，但按照他地毯式的读书方式，估计也基本没有遗漏。有趣的是，台湾地区的李敖、柏杨非但读完了二十五史，而且是在狱中读完的，前者坐了七年牢，后者蹲了九年监。而七到九年，正是一个好读书而又能坚持读书者读完二十五史的大致时间。或许正是上天要成就他们两个，一出狱，两人从囚犯华丽转身为大学者，“祸福相倚”在他们身上实现了完美的表达。

读书，不仅需要耐心，还需要勇气，更要有充足的时间保障。在浮华的人间、流动的世界，有时还真想画地为牢，一入十年数十年，只为将经典尽收眼底。

读书与写作

我知道即使从此手不释卷一目十行，把生命剩余的时间全部用来读书写作，成果也是有限的，可我还是愿意将时间精力倾注于此。用木心的话来说，除了读书，还能做什么！就目前的情形看，除了读书写作，似乎也没什么值得让人魂牵梦萦的。读书久了，便像钓鱼，已上钩入篓的不管了，眼中只看到那水中上下翻腾的鱼儿，非要纳为己有而后快。写作久了，便像玩游戏，游戏中一关一关地过，特别渴望到达最后一关。写作时一篇一篇地写，总是不满意，一定要写到出现经典方罢。

读书与写作之间的关系很微妙，庄子、孟子读书并不算多，却奇文迭出。鲁迅一生都在读书，是以才能下笔如有神。绝大多数人无论读不读书、读多少书，写出来的文章都不堪一观。看来读书与写作之间一定还有重要的一环，这个链条就是“悟”，读与写可归为勤的范围，而悟则可视为天赋。从这个意义上讲，写作确实只是个人的事，文坛和读者可以是促其完成的充分条件，但并非必要条件。

滴水穿石

曾国藩说："士人读书，第一要有志，第二要有识，第三要有恒。有志，则断不甘为下流；有识，则知学问无尽，不敢以一得自足，如河伯之观海，如井蛙之窥天，皆无见识也；有恒，则断无不成之事。"

其实，志、识、恒三者中，志易立，识因积而厚，恒才是关键，无恒不能高识，识深方能明志。所以，曾国藩非常注重培养恒心和毅力。他说自己每天自立课程很多，并不苛求件件都能完成，但有三件事始终坚持每天都做，终身不辍。那就是每天读史十页，以楷书记日记，写"茶余偶谈"一则。

这三件事看起来并不难，但每天都做，且不说三件，任何一件都极不容易。每天读十页史书，一年就是三千多页，两三年就能把全部正史读完。写日记的习惯很多人都有，可是每天用楷书认真记录，且言之有物，恐怕一个时代都难找出一人。而每天要创作一篇杂记，更是要求每天开张视听，转动脑筋，即使如此，一年以后，恐怕搜肠刮肚，也都无话可说了。可见坚持之功，确如滴水穿石，绳锯木断，足以惊世骇俗。任何事情，只要持之以恒，当无不成之理。

深入宝山

孔子说自己“述而不作，信而好古”。只述不作，是因为想说的古人已经说完了，自己再也说不出什么新鲜道理和观点，只好阐释宣扬古人的思想了。这当然是孔子的谦虚之辞，一本《论语》，不仅道古人所未道，也让后人无所可道。

时至今日，两千多年过去了，其间又有多少圣贤大师，天才逞纵，自成一派。群星争辉，成就了中华思想文化璀璨的天空。遨游其中，处处灿烂如锦，只要你耳聪目明，宝物俯拾即是。可惜的是，很多人走马观花，经胜景而不赏；寻宝探险，见金山而无睹。只在贫瘠的山水间引流，不在肥沃的土地上汲养。但凡说到古人，似乎不是打躬作揖，就是酸腐刻板；说到古文，似乎不是“之乎者也”，便是“诘屈聱牙”。殊不知陈土之下即是煤层，铜锈之下即是黄金，不去刮垢磨光，岂现荆山之玉！

在我看来，与其热衷于去遥远处汲水，不如专注于在咫尺间钻井。只要够深入，定有汩汩清泉喷薄而出。